坚定又柔软

疯狂又脆弱

朱墨——著

湖南文艺出版社
HUNAN LITERATURE AND ART PUBLISHING HOUSE

博集天卷
CS·BOOKY

人生匆匆几十载，要为自己的快乐负责，
如果有什么事你很想做，现在就去做吧。

目 录

Contents

Chapter 1
那件我们不常提起的小事，叫梦想

在伦敦读书，在巴黎看电影，生活随自己心情去安排。

Chapter 2
幸福的人且远行

Chapter 3
每个人都是独立的

Chapter 4
活出不用修改的青春

后 记
我的父亲母亲

感 谢

年轻就是本钱。在巨大的未知包裹
下的日子，每一天都是灿烂时光。

代 序

为 什 么 她 可 以

提起墨墨，我马上想到的词就是——小巧能干。

这四个字背后，是她的努力。这个人有多努力？我举两个例子。

她最早做我电影的宣传，是 2006 年的时候，但我真的认识她这个人，已经是 2012 年了。这中间隔了六年。前两部电影《宝贝计划》和《功夫之王》的工作过程中，我完全不知道有这么个人。她用了六年的积累，让自己具备了更强大的工作能力，也让我在《十二生肖》时认识了她。

最早有为我写书的想法，是 2012 年我们一起去做慈善的途中，但她真的跟我商量这件事，已经是酝酿了半年以后。这半年间，只要听到我讲的故事，她就会先拼命记在脑子里，很晚收工回去，再趁热写下来。书的计划正式启动了，她才在每次聊天时打开录音功能。经过长时间的跟访、讨论、校对，《成龙：还没长大就老了》出版时已经是 2015 年。

我六岁半开始演戏，十几岁就出来讨生活，见过的人无数，也练就了一些看人的本领。表面功夫最能骗人，一个人是否真的能做事，我有自己的秘诀去评判。多年来跟我工作的同事、合作的伙伴，都经历过我悄悄的观察和考验。

我为什么觉得朱墨可以？

看完这本书，你就知道了。

成　龙

敢 于 归 零

　　我习惯叫她"墨墨"，名如其人，她现在真的做了些笔墨之事，记录她的经历和她认为需要记录的人。在我心中她永远像个大学生，原以为是我和她因"大学生电影节"缘识，但后来想想是她保持下来的本真使然。

　　她在华谊干得风生水起时决定离职去英国游学，放弃别人奢求不得的工作而归零。这是我听到最多，又看到最少人做的事，墨墨这么说也这么做了。学成回来后依然做电影的事情，让我遗憾的是她没有回到我身边。可也许是她好的选择。

　　现在我们偶尔见面，她叫我一声老板，我还她一个拥抱。这份情谊是难得的。

　　墨墨，希望你永远白衣飘飘！

王中磊

2017 年 9 月 10 日苏州到象山的车上

每 人 自 有 一 颗 星

为了这篇序，本书作者跟我战斗了很久，最后一封关于此事的邮件，她下了最后通牒："……出版时间已经从原定的9月开学季，变成了什么时候拿到你的推荐语，什么时候再往下推进。"

作者跟我的执拗从半年前开始，起因不是书的内容，而是我写不出序。我开始的推托是，自己提升不了书的分量，要说名人推荐，成龙大哥、王中磊老板效果更好，我就不吆喝了。其实书卖得好不好有出版社和作者负责，我这个理由确实牵强。朱墨不依不饶，威胁"每天到我家门口堵着"，说我逃不掉。过了几个月她又催稿，我说出真正的理由，因为没搞懂她的职场经历有何可写，不知怎么介绍。她回信说看到我的评语哭了一场，反问她的书"有这么差吗？"。几次交锋，我俩为了这事越来越尴尬，我再也说不出具体拒绝理由，就是赖着。她的尴尬写在表面，我则像被揭发了真面目，简单说是不近人情。

朱墨自称这本书记录了她的十年职业生涯，这期间我刚好是她的同事和领导，出于这个原因，她认为我的角色非比寻常。她希望有我的推荐语是理所应当的。但不知怎么搞的，回想起和她的共事，浮现的不是我教会了她什么，或我俩合作无间攻克了什么难关，而是她我行我素、脱缰演出的一些事例。这些点滴她书中有无体现，可以等书出版再瞧瞧。

认识朱墨的时候，她自称电影热爱者，学生时便热衷组织电影节，身边围绕着发烧友和刻苦的纪录片工作者，听起来是我比较熟悉的一类人。但据后来长期接触，她的电影口味极为"和谐"，有灵异、恐怖、惊悚元素的一律不看，科幻、动作的没听她提过，结局不美好的不看，画面脏乱差的不看，三挑四拣后，几乎可以归纳为，我爱的她都不能看。文艺欣赏各有各好，高兴就好，但长时间和你一起搞业务的人，审美各行其是，还是难免别扭的。这个反差，尽管从未浮出台面，或造成冲突，却提示了我和她其他方面的互动关系。

朱墨的爸给女儿取了好名字，能闻到字的气味，与人重名的概率也不高，姑且不论笔画五行是否讲究，挂这么个标签，人生是文艺的开始。朱墨说话、写字都是通顺的，是中等以上的通顺。我读过她写的新闻稿、家长里短的邮件，参加过她主持的简报会，她骂人损人我也见过，都是通顺的。我跟她的问题，说到底还是每人自有一颗星，各有各的轨道。我们在渺茫的概率中出现交会，好的时候相互闪烁取暖，也有暗黑过冬的片刻。她觉得工作过程中刻骨的事，我听着不痛不痒，这是彼此彼此，很多吸引我的东西她估计也不会买账。两个趣味如此不同的人，还能共事十几年，光说这机缘安排，已足以让人惊叹。

对书中故事的感受，争议可以暂时搁下，读者随后自有主张。我和朱墨为了书序的战斗，最后明显以她胜利告终。如果我的直觉算数，这场胜利预示着，未来，她还将迎来更多胜利。失败也会有，但更多是胜利。

陈国富

2017 年 10 月 13 日

自 序

我 们 可 以 这 样 生 活

　　小时候，很多次坐在家里的小院子中，憧憬自己的将来。

　　那将来有点模糊，但又有点坚定，它是精彩的、美好的。那些无法具象的东西，一直模糊地存在于幻想里，直到很多年后的今天，它们一点点变成了真实生活中的细节。此刻，回想经历过的和正拥有的，竟已大大超出曾经的想象。

　　想过有天会考上大学，却不曾想过能去遥远的伦敦，在全世界最好的学校里念书；想过会找到一份工作，却不曾想过这工作会让我如此大开眼界，跟曾经仰望的银幕传奇成为朋友；想到会挣一些钱，却不曾想过会在二十七岁就赚到第一个一百万；想到会拥有一些知己，却不曾想过他们是那么真诚而强大，足以成为人生依靠和指路明灯；想到会见识一些风景，却不曾想过有机会去巴黎、巴塞罗那、布达佩斯、布拉格、海德堡、赫尔辛基、圣托里尼，在欧洲游历一整年……

当然，还有另外一些不曾想过的。比如为了考试和工作，长时间每天只睡三小时，精神紧绷直到惯性失眠；写稿写到腰肌劳损腰椎间盘膨出，在巨大的压力之下每天崩溃大哭；更不会想到遭遇朋友背叛，轻度抑郁，人生灰暗，暴瘦到三十多公斤……

果然，写起不开心的经历来，笔墨明显少了些。人都有趋利避害的本能，况且活在这世上谁都不容易，没必要刻意去标榜曾经的伤疤，还是多分享一些"正能量"比较好。

因为工作关系，身边有太多优秀的写作者。其中一个朋友告诉我，你要在序言中告诉你的读者，他们能从这本书里看到什么。这个问题我想了很久，觉得很难概括。是"普通女孩成长史"，还是"职业女性上位史"？是"寒门学子十年求索"，还是"残酷职场十年回顾"？好像都是，又好像都不是。

在欧洲求学的那年，我曾无数次感叹过：原来这个世界上还有这么多种活法。从小到大的成长环境，让我们习惯按照既定规则完成人生，小学中学大学，找工作结婚生子，拼命工作升职加薪，努力存钱买房，操心孩子教育和父母身体，伤怀曾经的理想再无机会实现……其实这些规则没有对错，只要能在过程中找到快乐和成就感，就是好事。

可是假如你对生活产生了怀疑的时候，请不要轻易否定自己的怀疑。当你想要逃离既定规则想要反抗的时候，也不要轻易阻止自己的勇气。世界之大远远超出我们的想象，你会看到曾经功成名就的人，如今隐姓埋名生活在某个边远小镇，也会看到伦敦纽约的年轻人，跟我们经历着一样的迷茫与不确定；你会看到地下通道里收入微薄但全神贯注的演奏者，如何感染周围忙碌穿梭的人群，也会看到站在金字塔顶的成功者，只能独自对抗严重的人生低潮……

最终我发现，很多问题都会归结为一个问题——我们应该怎样生活？

从小到大，我们一直被别人告知应该怎样生活。你应该好好学习不要早恋，你应该结婚生子，你应该与人为善，你应该不要与世界为敌。这些都是别人认为正确的东西。但我们认为正确的是什么？我们不应该只去做那些别人认为正确的事，去成为一个让别人满意的人。

高中时代，跟同学们讨论未来。坐在我后面的一个男生问，你觉得这辈子对你来说最重要的是什么？我说，是快乐。这句话看起来太无聊，却是多年来判断事情的唯一准则。

在城市里，要想维持基本的生活没有那么难。吃饭穿衣租房，我们都曾凭借自己的力量获得一方天地。况且，如果物质是衡量幸福的唯一标准，怎么还会有那么多有名有利的人，感到不快乐、不自由？

一定有什么东西是更重要的。它，就是我们自己。

抛却一切外在的东西，人终究只能和自己待在一起。如果内在的你跟外在的你不能握手言和，那么你的内心无法感到真正的安宁，也就没有真正的快乐可言。

我很喜欢日本的一类电影，如《小森林》《编舟记》《哪啊哪啊神去村》《机器人大爷》《百元之恋》《金色梦乡》。这类电影有一个共同的特点，里面的主人公都是入世的，他们生活在芸芸众生中，却不被周围环境影响，他们找到了真正想做真正享受的事情，并且一直坚持到底。这些事情足以带给他们内心的平静，不管外面的世界如何变迁，他们只过他们想过的日子。

身边的一些朋友，他们都曾经历过生活的窘迫，有些此刻依然还在经历着。说起那些没钱吃饭没钱坐车的日子，会有人问，那么苦，你们当时是怎么熬过来的？大家说，没有熬啊，那个时候很快乐。每天跟志同道合的好友混在一起，聊天、弹琴、唱歌、写文章、拍东西，一整夜一整夜地聊那些不切实际但无比美好的东西，就是这么过来的。

我们在人生每个阶段都会面临各种选择，没有谁能告诉你什么是正确的决定。或许连"正确"这个词本身都是相对的。这时候，我们能够依赖的，只有直觉。人们总是说，没办法，我现在迫于各种压力，只能去做自己不喜欢的事，等将来我有钱了有房了有车了，我一定要怎样怎样。可是我想说，人生无常，世事变幻，谁知道将来会如何，为什么不现在就去做？

我们过得好不好，是否成功，别人无法衡量，只有我们自己才能判断。一辈子的时光并不长，我们的青春那么短，要如何度过，才不会让将来的自己遗憾？如果我们能在人生各个阶段都找到真正想做的事，并且理直气壮地去坚持去完成，那你一定会体会到内心强大的力量，这力量足以让你感到快乐。说不定就在一直坚持的过程中，功名和利益也会随之而来。

实际上，我们身边很多获得通俗意义上的"成功"的人，他们往往都是这样做的。拍出大卖作品的新导演，在他们刚开始酝酿项目的时候，就算克服了无数我们想象不到的困难，也不会有人相信这东西能卖十亿，就连他们自己都不会相信；开发出火爆游戏的设计者，一款游戏就能卖几千万让自己财务自由，当他们刚开始研发程序的时候，也不会预料到它会成为全民讨论的对象，他们专注的是自己深信且沉迷的内容本身，而不是别的。这样的例子还有很多。

　　当然，我们并不否认这世界上有一时得益的投机者，但这就像中彩票一样，不能把人生希望寄托在概率上。对我们普通人来说，更简单的路，可能就是像前面所提到的那些人一样，找到自己笃定有兴趣的、真正喜欢的事，不遗余力地坚持下去，享受这个拼尽全力的过程，不管有没有名利这个额外收获，起码我们首先会坦然并快乐。

　　我在伦敦读书时看过一支广告，里面有句话说 There is no good time than the present（没有比现在更好的时刻了）。正在阅读这本书的你，不论现在是在哪里，从事什么职业，日子过得是否舒心，我都想对你说，人生匆匆几十载，要为自己的快乐负责，如果有什么事你很想做，现在就去做吧，不要想太多。即使将来有一天后悔，也让我们为自己的勇敢后悔，而不是为自己的胆怯后悔。

　　这，也许是这本书可以与你分享的，唯一重要的东西。

朱　墨

复试结束那天，从北师大打车到火车站，准备回学校。就在火车开动的那一刻，看着窗外的美丽夜色，我忽然意识到，那个曾经模糊的理想，已经变得清晰起来。那个理想，与窗外这座城市息息相关，而我，一定要把它实现。

Chapter 1

那件我们不常提起的小事，

叫梦想

北京，我把理想寄给你

你心中的理想忽然变得清晰的那个瞬间，是什么时候？

我，是来北京参加研究生复试的那天。

这本书的读者，可能你有过考研的经历，或者你正准备考研。尽管那段日子已经过去了很多年，但有很多细节历久弥新，时常闪回到眼前。对我而言，那是一个非常重要的人生选择，也是现在一切生活的起点。

大二的时候，父母离婚。那年我十八岁。之后很长一段时间，表面上看来日子还在照常过，实际上很多东西都已悄然崩塌。我迫切地想找到逃离现实的出口。对于未来，原本一直懵懵懂懂，不知道想要什么，就是在那时候，决定考研。去北京。离开这个小城市。

那会儿很喜欢幾米的一段话——

那一刻，河对岸的烟火光彩耀眼，

震耳欲聋的声响，振奋着年少苦闷的情绪，

我们目不转睛地看着瞬间出现又消逝的奇幻瑰丽。

然后想起我们迷茫的将来，想起我们如花火般的青春，

然后想起我们此刻灿烂的时光。

一切都是真的，一切都不是真的。

是啊。与迷茫共存的，是对未来的无限想象。年轻就是本钱。在巨大的未知包裹下的日子，每一天都是灿烂时光。

大二那年暑假，离考研时间还非常久远，我就迫不及待地和两个室友一起来到北京，参加新东方考研的暑期补习班。那次对这个城市没有留下什么印象。我们所有时间都待在玉泉山附近一个破旧的工厂区里，宿舍教室两点一线。

每个宿舍住着六个人，三个上下铺。由于床铺没有固定在墙上，所以不管你住上铺还是下铺，只要同床的人有一点动静，床就会晃得很厉害。刚到那儿的时候，每天晚上都睡不着，一晃就醒。后来因为学习强度大，必须早睡早起，也就慢慢适应了。

我本科上的是河北大学。因为高考分数比较低，没能进喜欢的新闻或中文专业，而是被调剂到了一个很冷门的专业——档案学。我很清楚地知道，这里没有我的未来。既然考研，自然就要换一个

喜欢的专业。

不管考哪个专业，政治和英语都是要准备的。刚到大三下学期，我就买了一本厚厚的考研词典，迫不及待地开始狂背。每天在背包里装上随身听、日记本、一两张流行歌曲专辑，让它们和单词书、练习本、圆珠笔一起，开始陪伴我每天上下自习的生活。

关于学习，我有个不算秘诀的秘诀。当你面对一个看似难以完成的任务时，不妨先制订一个完全超负荷的计划。比如我的同学背单词，给自己的要求是每天十页。我就要求自己每天背完一百页。这个数字看起来非常惊悚，我就给自己洗脑说，必须要完成，一定能完成。

学习这件事，最难的是开始。不可能会有人一想到学习就兴高采烈，所有人都有逆反心理，想逃避，但你知道这是你必须要做的事，那就不如化拖延为力量，去冲击一个非常凶残的目标。当你真的一天背完了一百页的时候，那种成就感是巨大的。第二天，把前一天一百页里的生词复习一遍，再背一百页。

相信我，只要坚持过开头这几天，以后的计划就会出奇地顺利。你知道你在前面已经付出了多少，之后就不会忍心破坏已有的积累，只会有一种莫名的动力，促使你一直坚持下去。这件事跟减肥一个道理。很多人总是抱怨自己找不到学习状态，控制不住食欲和体重，那是因为他们从来没有真正开始过。

那是 2003 年，非典是那段时间无法逃避的话题。封校、停课、定时消毒，加上新闻中一直在攀升的感染人数，一时之间，学校的气氛变得压抑而紧张，曾经人满为患的自习室，变得比宿舍人还少，这正巧给我提供了更好的学习环境，在教室找一个靠窗的位置，把窗户打开，风吹进来，实在很舒服。我的单词学习在这些微风的帮助下，进展更快了。

进入大四，课程变得更轻松，老师管得也不严。我总是坐在教室最后一排，明目张胆地看考研的书。课间的时候，老师还常常坐到我旁边，看见桌子上摊着的考研英语、政治、艺术理论，不仅不怪罪，还兴致勃勃地跟我聊文学，现在想起来，真是感谢他。

父母对我考研当然是绝对地支持，从小到大，他们一直对我抱有很大期望，我也知道，没能上重点大学，他们有着和我一样的遗憾。我对自己说：这一次，一定要让他们替我彻底地骄傲。

大学毕竟是一个充满激情与梦幻的地方，而爱情，仿佛是它永恒的主题。很可惜，在这样的世界里，我是个落伍者。身边的朋友成双成对，甜蜜得令人羡慕，她们甚至可以边交男朋友边考研，这种能力我是学不来的。太了解自己，一旦对某一样东西投入了真感情，就没有其他的精力去顾及别的。所以，这样的日子，有学习来填补生活的空白，过得反而快乐。

在二十岁的日记本里，我曾经写过这样一段"矫情"的话：一直相信上天已经默许给自己一个明亮而美丽的未来，因而剥夺了属于这个年龄的浪漫，给我一颗沉稳的心，在经历许久的累积之后，终究会破冰而出，像美丽的蝴蝶一样，飞向属于我的天空。

　　进入9月，在师姐李峥的鼓励下，决定考北京师范大学的电影学专业。

　　既跨专业又跨学校，实在不是一件容易的事情，压力比其他同学大很多。师大指定的专业课本有十好几本，此外还要看大量的作品选和往年资料。同宿舍的室友，都是考档案学专业，专业课本只需要看两本，可以很从容地复习政治和英语，我则要拿出大量时间放在专业课上。

　　对于文学，尽管我有着极大兴趣，但终究只能算是一个门外汉，文学史和文学理论都没有系统学习过，艺术理论和影视理论更是从零开始。我决定拿出两周时间突击专业课，于是故技重施，给自己定下任务：两周内看完八本专业课的课本并做出笔记。

　　现在回想起那十几天的经历，还是觉得不可思议。晚上两点睡觉，除去吃饭之外，所有时间都用来定在书桌旁边。不和任何朋友联系，就一心一意地啃书本。有咖啡和音乐的辅助，看书的速度每天直线上升，到两周结束时，真的把所有的书都看完了，还写出了七八万字的笔记。

　　专业课弄完一轮，再回到政治、英语。首先就是单词，尽管6月份的时候已经背完了两遍，但恐怕记忆已经模糊。时间紧迫，魔鬼计划再度登场：一周之内把整本词典再背一遍，并且做完八年的考研真题。为了保证完成计划，我六点半起床，在自习室泡一天，晚上回到宿舍再看书到三点半。

这样的日子，看起来辛苦，实际上却不然。文学与电影带来了越来越多的美妙滋味，我徜徉其中，乐而忘返。一遍一遍地翻课本，记笔记，读大量的经典作品，时间也随之一点点过去。安静的小屋，香气四溢的咖啡，一篇篇华美的文字，组成了每个冬日夜晚必然的进行曲。

我无疑是在享受考研的生活，而不是痛苦地忍受。人生就是苦苦甜甜交织的情绪，在这不断流转的四季里，快乐、悲伤，都是你自己的选择，我的选择是快乐。每天看着自己真实地付出，再在心底默默盘算着又与理想拉近了多少距离。那种感觉，很富足。再度翻开那时的日记，看见自己清清楚楚地写道：我愿以后的日子都能如此充实地度过，我期待一步一步走完通往彼岸的全部路程，我将全力以赴，一切只为考研成功。

黄昏时仰望天空，看着晚霞渐渐地熄灭，深蓝的天幕上，繁星一个个悄无声息地涌起。那是它们亿万年前的光芒，经过了那么深邃悠久的时空，走了那么远的路程，才抵达这里。在它们的默默凝视下，我恍然发现，所谓生命，原来只是太短的一刹那。我们还有什么理由不去珍惜？

在紧张与期待与无数次的自我鼓励中，终于等来了最后决战的日子。

考试的前一天晚上，坐在自己的书桌旁，看着面前一堆堆的课本与笔记，想到明天就要走向考场，想到这么久以来倾尽全力的付出，就要在此后的两天中得到证明，而结果却是那样地不可预知，我的情绪忽然崩溃，伏案大哭。

是压力，是紧张，又或者都不是，记得室友安慰我的时候，我一直重复着说一句话：准备了这么久，明天就要考试了……

那是 2004 年 1 月 10 日的早上。紧张的气氛开始弥漫在整栋宿舍楼，这时的学校已经放了寒假，留下的全是考研的战友们。大家心照不宣。每个人都行色匆匆，忐忑不安。

上了出租车，天色还有些昏暗，就这么出发了。现在回想起那四场考试，依旧记忆犹新。

政治还算在正常的心态下完成了答题，但是并不一帆风顺，我把三十四题的答案写到了三十二题的位置上。短暂的紧张过后，只好把它画掉，在余下的位置密密麻麻地挤上答案，心里还在担心着会不会影响卷面分数。

中午爸爸来考场接我，带我去外面吃饭，回来的途中有些耽搁，差点迟到。情绪一下子变得紧张。这场考试是英语，整整两个小时一直都处在手心出汗、思维混乱、大脑一片空白的状态中，甚至交卷前的最后一秒都还在犹豫那几个选择题应该选什么，当时就知道，英语恐怕要发挥失常了。

两门专业课因为准备充分，所以答题比较顺利，但这两场考试简直是对手指的残酷折磨，想把所有题目都答得完美，首先面临的就是时间不够用，三个小时根本不富余。我的经历是：从一看到题目开始，手中的圆珠笔就不能轻易停下，大脑飞速旋转，一旦搜索到相关的资料和语言，就要马上通过手的运动转移到纸上来。设想一下三个小时不停地写，不抽筋才怪。最后一场结束，右手所有手指都已经磨得红通通，疼且僵硬，伸不直。

11日下午，从考场走出来的瞬间，心情无比轻松。回到家以后，身体却再也支持不下去了。一直以来超负荷地运转，让我在寒假大病一场。阑尾炎、发烧、咳嗽、扁桃体炎轮番上阵，持续了一个多月。

3月8日，北师大官方网站公布了初试成绩：375分。

分数本身是不错的，过线没问题，排名应该处在中上游。我却有点失望，英语果然发挥失常，影响了整体分数，没能进入最靠前的名次。接下来必须认真准备复试，拿个高分来弥补遗憾。而且，高分还有一个好处，就是可以上公费研究生，能省掉每年八千块的学费。

于是，当大家都在轻松享受毕业前最悠闲的日子时，我又开始起早贪黑地上自习了。

复试那两天是另一种难忘的经历，比初试的时候更忐忑。你的竞争对手不再是一个个名字，他们都真实地出现在了你面前，表现差的就有可能被淘汰。笔试、英语口试、面试，一关一关走过来，对人的心理素质是不小的考验，好在准备充足，尽管难掩紧张，还是很好地完成了每一步。

4月28日，朋友通知我北师大研究生网站可以查询录取结果了。

我打开电脑，不过就是手指的几个动作而已，那个美丽的消息就赫然出现在眼前："您好！祝贺您被我校录取为艺术与传媒学院的电影学专业硕士研究生！录取通知书于6月7日以后发放。如有不明之处，请致电艺术与传媒学院。"

我一阵激动，把那条消息翻来覆去地看，却怎么也看不够。因为复试分数高，我的总成绩很好，顺利进入了公费名单。不仅如此，当时我报考的导师是周星，每年都是考他研的人最多，在被录取的人当中，他只能选一部分，而我的导师那一栏，写的正是"周星"。打电话回家，父母那欣慰而喜悦的声音让我更加开心。

终于，一切悬念都有了答案，心情逐渐归于平静。回想准备考研的那些日子，想起那款粉色条纹的背包，那些被打上各种颜色标记的单词稿纸，那厚厚一摞专业课笔记，那一本记载了所有心路历程的日记本，那三百六十多个日日夜夜……它们专属于我的二十岁，无比珍贵。毕竟，生命中永远有无数的挑战要面对，经过这一年，我已经学会了怎样去勇敢地尝试。

　　复试结束那天，从北师大打车到火车站，准备回学校。就在火车开动的那一刻，看着窗外的美丽夜色，我忽然意识到，那个曾经模糊的理想，已经变得清晰起来。那个理想，与窗外这座城市息息相关，而我，一定要把它实现。

机会来临前，你准备好了吗

非常走运的是，我这辈子没找过工作。

每次听别人抱怨找工作的麻烦，对前途的不确定，在参加人山人海的招聘会后生出的幻灭和无力感，就会越发感到侥幸。尽管没参加过任何招聘会，但光是看网上那些图片，就知道那是一个可以把人摧毁的地方。

无论认为自己多么优秀，把你扔进几千人里面，你也会发现自己没什么特别。一瞬间，我们变成贴着价签，等待别人挑选的商品。况且同类商品永远都是那么多，谁也没那个自信一定会被选中。

没有开始找工作，工作就找上门来，这对当时还是研二学生的我来说，是很大的幸运。而那份工作竟然是在华谊兄弟这样的公司，对学电影的我来说，就更是天大的幸运了。这一切，还是要从来北京读研说起。

2004 年，我来到北师大艺术与传媒学院，念电影学研究生，导师是周星。对师大有所了解的人都知道，著名的"北京大学生电影节"正是由师大创办，而周星老师就是当初的创始人之一。

这个电影节现在在业内已经是耳熟能详，很多导演和明星都以在此获奖为荣。对他们来说，这是大学生们给他们的肯定。在当今的市场环境下，电影主流观众早就从三十多岁降到了二十多岁，大学生给的这份荣誉就显得更加重要，正所谓"得年轻人者得天下"。

时间倒回到当时，刚到师大不久的我，看着周围一切都新鲜。当初从家乡小镇到保定上大学时，已经觉得城市真大，等到了北京，才发现保定的大小跟它一比，简直就是小儿科。

北师大位于"新马太"地区，顾名思义就是新街口、马甸、北太平庄。那时我们活动最多的区域，除了学校附近，就是西单的几个商场，动物园的批发市场，以及新街口那条街上的小服装店，时不时去附近挖掘一些好吃的小摊小店，日子过得美滋滋的。

课堂上的经历则是五花八门地美好。师大艺术系的老师们性格各异，但都有他们的可爱之处。田卉群老师口若悬河，魅力十足，能把一部电影的解读讲出花来，让大家听得一愣一愣的，真正认识电影世界的宽广；王宜文老师则是每讲一个精彩观点，都会说"这仅仅是我个人认为，你们可以不同意"，看到有同学因为片子闷而看得睡着，他会去悄悄地拉上窗帘，放低讲课音量；我的导师周星则是一上课先给大家发点巧克力，分享点糖果，再开始说话。

这样的日子过了几个月，我还不知道学校有个大名鼎鼎的电影节。

有天傍晚，同门师兄崔颖发来短信，说在宿舍楼下，让我下去聊点事情。下楼之后，他直奔主题："墨墨，新一届的电影节要开始了，今年是我来负责学术部，周老师让我在你们这届里选一两个新人加入，你有兴趣吗？"

当时我还没意识到这是一个多好的机会，就先以白羊座的直觉和冲动说："好啊！我愿意！"后来从师兄这里，才慢慢了解到电影节的历史、组委会的构成、部门的分工、我们大家需要做的工作……这才反应过来，能加入其中是多么幸运。

每一届的电影节组委会，都由学院里的一位年轻老师作为秘书长，带领十几位研究生同学组成学术部、宣传部、外联部、短片部、办公室等几个部门，每个部门三到四个人，每个人最多干两届。也就是说，每一年都有升入研三的师兄师姐退出，同时都有研一的新人加入，部门的领导一般由研二的同学担任。

这个自成体系的传承方式，运转得很科学。对于刚加入组委会的新人来说，刚开始在课堂上接触电影的世界，就有机会在现实生活中跟这个行业打交道，真是求之不得的好机会。

我所加入的学术部，主要工作包括组织评奖、举办学术研讨会和导演见面会、拟定主题调查问卷、撰写调查报告等。其中最重要的工作无疑是评奖，这关系到那一年所有参赛影片的成绩。

电影节的评审团每年都会从全国范围内筛选出来，三分之二是学生评委，他们是来自各地的大学生，三分之一是专家评委，是来自各地的大学老师。北师大作为参与的高校之一，也会选出一位专家评委和一位学生评委。

2005年的第十二届电影节，我的一个重要任务，就是以北师大学生评委的身份，接待来自全国三十多所高校的老师及学生评委。看片及评奖的时间是一周，大家都在同一个酒店里，我需要负责所有人的吃住行，每天定时把大家带到中国电影资料馆看片，由于时间有限，评委们一天至少要看四五部影片，是个不小的工作量。假如是上午刚起床的时间，遇到不好看的电影，就会看到很多人打瞌睡。看片结束，所有评审封闭讨论，最终评出所有奖项。从这天起到颁奖典礼揭晓之时，我们要做好保密工作。

那一年的评奖工作结束后，我迅速归队，跟学术部其他同学一起完成了其他工作，包括冯小刚导演见面会、徐克导演见面会、各种各样的学术研讨会，等等。从接待评审和评奖，到真正接触这些大导演，与其他部门的同学配合完成各项任务，再到最后所有人一起完成一台大型的颁奖典礼，这一届的电影节让我认识到了什么是工作、什么是人际关系、什么是团队精神。这些经验很珍贵。

转眼2006年，电影节到了第十三届。这一年，我作为前辈，成了学术部的部长。从搭建一个小团队，到学着做一个好的领头人，与其他部门同学更好地互动，与秘书长更好地配合，这些都是非常重要的历练。

那一年，除了精力旺盛，也有虚荣心作祟，在学术部的本职工作之外，我还兼任了十几场参赛片见面会的主持人。记得那时常常出现的一个画面，就是我在学校处理完工作，急匆匆赶到电影资料馆，上场之前，迅速跟外联部的同学确认今天来的主创团队都有谁、导演是谁、演员是谁、影片的基本资料是怎样，再把重要信息记在一张小卡片上，一边背一边站在台侧候场，时间一到，把身上的大衣转头塞给同学，深吸一口气，就上台了……

那一年的电影节是 5 月颁奖，典礼结束后，也就意味着这一年的组委会任务完成，我的两届电影节生涯到此宣告结束。下一年，自己就是临近毕业的研三学生啦。

很快就到了暑假，比起电影节时的疯狂忙碌，此时却是无所事事，天天睡到下午才醒，拿本书在身上，去附近的肯德基吃个快餐，回家继续宅着，日子有点空虚。

这样过了一阵子，有天正百无聊赖之时，电影节秘书长周雯老师打来电话，说她朋友是华谊兄弟的副总，最近刚好想要招人，问到她这儿，她就推荐了我。我心中一阵澎湃，压抑住激动之情，静静听她说："我把她手机号给你，你跟她联系一下，看她什么时候方便见你。"

现在我们当然知道,第一次跟重要人物联络,最好还是先发短信过去,简单自我介绍并说明事由,才合乎礼仪。当时还不懂这些,就按老师发来的号码打了过去。那时候刚兴起彩铃这东西,我还不太熟悉,只在听筒里听到了一个超具辨识度的浑厚声音:"喂,我现在不方便接电话……"吓得我赶紧挂了电话。哇,这不是葛优葛大爷吗?!怎么会是他接电话?难道是串线了?

惊魂未定时,收到了一条短信。是刚才的号码发来的:"朱墨你好,我现在上海电影节出差,回北京再联络你安排面试。徐立。"

7月的一天,再次收到徐立的短信。约我几天后的傍晚,在北太平庄附近一家咖啡厅见面。

那时爸爸每个月给我生活费一千块,比起大学时的五百块已经是双倍,我一直觉得很满足。平时穿的衣服一般都去新街口的小店买,单价不超过一百块,但为了准备这次面试,我特意去商场"斥巨资"买了几件新衣服,一件红色衬衫,一件白色无袖衫,一条淡蓝色牛仔裤,花了大几百块。

见面那天,选了白色无袖衫来搭配,觉得这样更像个学生。提早到达咖啡馆,等了一会儿,看到徐立朝我走过来,非常高的个子,满身散发着职业女性的干练和美丽。坐下之后直入正题,她当时除了任副总,还兼任电影公司宣传总监,此刻正是宣传部缺人,问我之前在电影节负责哪些工作,能不能写稿子等,我也一一据实回答。总共聊了大概二十分钟。

之后我就回家等消息，也跟周雯老师汇报了见面情况。大概一周后，收到了徐立的电话："墨墨，我跟公司反映了你的情况，现在是这样，你的职位会是宣传经理，月薪是四千。如果你没有什么异议，下周一就可以来上班了。"

我拿着电话听筒，一瞬间愣在当场。

对当时的我来说，能去华谊兄弟这样的公司上班，不给钱也愿意呀，而且我从一开始就以为是去实习，结果原来是要给我一份正式工作？而且还有职位？而且还有薪水？！

尽管内心澎湃，我在电话里还是尽量平静地说："好的，谢谢您徐总。"

2006 年 8 月 14 日一早，闹钟一响我就迅速爬起来。穿的是那件红色衬衫，上班第一天，图个好彩头。

公司位于北京顺义郊区，除了自己开车的同事，大家都在城里几个不同地点等班车。离我比较方便的地方在三元桥，要先坐三十分钟的公车，下车之后再穿到街对面，沿路走到跟机场高速交界的地方，班车会在那里短暂停下，再带大家一起开上高速。

坐在车上的时候，依然觉得非常不可思议，我竟然就这样上班啦？！

到了公司，公司的网管拿了一台笔记本过来："公司给你的电脑还没准备好，你上午如果有需要就先用这台，这个同事上午不在公司。"我接过来，谢了他，心里默默地说，哇，公司好洋气，办公都用笔记本电脑呢。

过了一会儿，一个女孩过来，自我介绍说是行政部的同事，放了两份东西在桌子上："这是合约，你看一下，如果有疑问就找我，如果没有疑问就签完之后给我，我来加盖公司公章。你还没毕业对吧？那毕业证、学位证就等明年毕业后再提供给公司。"

我又愣在当场。上班第一天就签正式合约？不需要先"考察"我一段时间吗？

就这样，在毫无心理准备的情况下，花了一秒时间考虑，就郑重在合约上签上了名字。签完之后才跟爸爸、妈妈、周星老师、周雯老师做了汇报。

现在看起来，这个决定特别简单，肯定签啊，有什么好犹豫的？但当时大家找工作有个重要因素得考虑——北京户口。所有人包括学校老师总在强调户口的重要性，尤其对从外地来北京读书的女孩来说，就显得更加重要，搞定了户口，将来结婚啦生小孩啦小孩上学啦都有很多好处（当时还没预知到后来北京户口会对买房买车造成关键影响），也确实有很多师兄师姐在毕业后，选择先去事业单位待一两年，等把户口解决了再换别的工作。

华谊这样的民营公司是没办法解决户口的，而我拿到的合约写的是签约一年，一年后双方若无异议则自动续约一年。当时是 8 月，一年以后的 8 月我已离开学校，这就意味着一旦跟华谊签约，就等于放弃北京户口。

尽管如此，我还是只考虑了一秒就签了字。管他呢，能做自己喜欢的事难道不是最重要的吗？

从那天起，一直到 2013 年 8 月辞职去伦敦念书，人生中第一份工作做了整整七年，而华谊兄弟也给了我的职业生涯一个最好的开端。

谁人年轻不菜鸟

初入职场，是我们人生的重要阶段。从那时起，我们彻底脱离了父母和老师的控制，但也彻底脱离了他们的保护，这种感觉有点迷茫，也有点刺激。

到公司上班的第三天，就赶上了"华谊兄弟成立十二周年"的大活动。去到典礼现场，看着明星们在周围穿梭来去，同事们各司其职，每个人都非常专业的样子，我就像刘姥姥进了大观园，抑制不住地激动。

又过了几天，冯小刚导演的《夜宴》进入上映前最重要的宣传期，马上就要展开数个城市的巡回路演。我作为宣传部新人，也进入了出差名单。那时的我，大城市只去过北京和上海，飞机都没坐过几回。得知即将跟着大家去到广州、杭州、沈阳、西安等好多个地方，开心得不行。

去第一站广州的飞机上，我特意选了靠窗的位置，拿着数码相机不停地拍窗外大朵的云彩。抵达住处之后，是当地的五星级酒店。这是华谊多年来的好传统，同事们的出差待遇都不错，多数时候大家都是去做影片的宣传，电影主创住哪里，工作人员就住哪里，因为有常年的合作关系，酒店的价格也不会高得离谱，但这会让所有的同事心里很舒服。毕竟所有脏活累活都要靠大家去做，如果在这些吃住行的细节上让大家觉得被"歧视"，是得不偿失的。

电影路演宣传的行程都会安排得很紧凑，基本上一天一个城市。早班飞机出发，中午抵达，午饭后做发布会和媒体访问，晚上带着主创连跑数家影院，第二天又是一个新城市。大学和研究生期间，我都是晚睡晚起的生物钟，这下被迫彻底调整，早上闹钟响起的时候，常常不知身在何处。这种身体上的累和心理上的兴奋，构成了我对职场的最初印象。

《夜宴》巡回宣传结束，大部队回到北京。尽管电影创下了当时冯小刚导演个人最高票房纪录，但在评论上却遭遇到很多质疑，这是大家始料未及的。就在这样的背景之下，《集结号》开始了筹备。

电影开始筹备不久，就听说公司要把我派去驻组。所谓驻组，就是安排工作人员进入剧组，跟随整个拍摄过程，负责收集未来可用的宣传素材，其职责包括记录花絮故事，撰写跟组手记，主创随机访问，随机拍摄有新闻点的图片，配合有可能举行的媒体探班等。

照理说，那时我刚到公司上班两个月，作为宣传部里最资浅，又主要负责文字工作的人，去驻组锻炼是再合适不过的了。不仅能迅速了解电影拍摄过程，对自己专业能力的提高也会有很大帮助。以公司领导的立场来看，这是重视我的表现。

可是听说这个消息之后，我却一下子颓了。原因实在是难以启齿。一是因为长到那么大，从没单独出过远门；二是因为特别怕冷，《集结号》大部分外景地都在冰天雪地的东北，一想就要崩溃。

有天下午，老板王中磊刚好来楼下找人说事，路过我的工位，走过来说："怎么样？你这就快被我们发配到东北去了，可要多准备一些保暖的衣服。"我脸上笑嘻嘻地说"好的"，心里却在滴血。下班之后直奔商场，羽绒裤、登山手套、大棉靴、大棉衣买了一堆。

出发前一天晚上，在家收拾行李。边收拾边跟男友唠叨："我不想去东北，我不想去驻组……"越说越觉得委屈，干脆"哇"地号啕大哭起来。男友对我的情绪失控早已习以为常，淡定地过来安慰："别哭别哭，去看拍电影多好玩啊，等你回来就能学会好多东西啦……"

哭了将近一小时，知道再哭也没用，明天还是一样要去坐火车，也就抽抽搭搭地作罢了。

　　第一站是江西婺源。按照拍摄计划，大队要先在婺源拍摄江南行军的戏份，然后再集体转场到东北。跟我同行的是《集结号》的外聘宣传何老师，一位很资深的记者。我俩在这之前也不熟，在火车上就有一搭没一搭地聊天。

　　抵达婺源，那是一个四处都弥漫着雾气的南方小城。剧组有车来接，很快就到了酒店。当时刚好是午饭时间，看到张涵予也在吃饭，何老师过去打招呼，张涵予特别江湖大哥地招呼道："来来来，别站着，先吃饭先吃饭！"

　　当天晚上，制片部门通知我们去导演房间一起看粗剪片段。接到这个通知我简直受宠若惊，心说："哇，我居然可以去看冯小刚导演的粗剪了。"这对一个学电影的研三学生来说，着实不是件小事啊。

　　推开房门，看到床上椅子上地板上都坐了不少人，我蹑手蹑脚地溜进去，也坐在了地上。电视里播放的正是这两天拍摄的行军段落，大家都看得很认真，我也煞有介事地盯着屏幕，然而不知不觉间，一种奇怪的不适感开始涌了上来……

　　这种感觉从来没有过，无法形容是哪种不舒服，周围都是认真看片的剧组同事，我只能命令自己先冷静，尽量用意志力压制住不适感，但显然这是徒劳的，几分钟之后，我的身体已经开始发抖，一种灵魂出窍的感觉渐次蔓延开来，为了避免一会儿闹出更大动静，我轻轻坐起身，从房间慢慢地爬了出去。

爬出导演房门，才发现自己的身体从五脏六腑到骨头血肉都在剧烈颤抖，我正面贴着墙壁，两手扶着墙慢慢起身，花了好像一年那么久的时间，一步步挪回了自己的房间，好在走廊里面没有遇到人，不然肯定会吓到人家。终于回到房间，赶紧钻进了被窝，迷迷糊糊地躺下。身体还在颤抖不止。

不知道过了多久，何老师在外面敲门，门是虚掩着的，我赶紧请他进来。"看完片子就找不到你了，没事吧？"他走近一看，发觉不对劲，看我嘴都在发抖，说不出完整的话，摸我的头，很烫，他也慌了，赶紧找制片部门的人过来。

再后来我只记得被人抱着上了剧组的车，直接开到婺源县医院，在急诊处量体温，41.5度！尽管当时已经处在半昏迷状态，也清楚这温度有多惊人，心里还是暗爽了一下，"我居然可以烧到这么高温"。后来感觉自己被扔在急诊室门口的椅子上很久，当然也有可能当时已经糊涂，拉长了时间概念。只记得大家在旁边七手八脚地办住院手续，我靠在椅子上，居然还有力气跟人发脾气："这医院怎么能这样？我都烧成这样了，为什么不能先找张床给我躺着？？"

进了病房，也不管被褥到底干不干净，能躺下就是好的。医生护士们依次进来，血压、心电图、抽血，何老师在旁边陪着我打完点滴才回了剧组。我折腾了半个晚上，加上高烧的作用，没顾上多愁善感就睡了过去。

　　第二天下午，制片部门两个大哥来医院慰问病号，看我精神好了很多，就调侃道："姑娘啊，你现在在剧组出名了知道吗？大家都知道总公司派了个女孩过来，到这儿还没见着人呢就住院了。我们给你安排的房间多好，你一下都没住，非要来这儿住病房……"

　　我躺在病床上嘿嘿笑。聊了几句，两位大哥要回去工作，留下何老师照看我。

　　"何老师，我想回北京。"

　　"行，回去也好，就你这个身体状况也去不了东北，到时候再冻出个好歹来。"

　　"你能帮我查查机票吗？"

　　"你只能先坐车到景德镇，再从景德镇坐飞机回北京。我看看，这飞机隔一天才有一班……今天晚上正好有一班！"

　　"我要坐这一班回去！"

　　"可你现在这个情况，烧也没退，自己坐飞机行吗？"

　　"没问题，只要让我尽快回北京就行了。"

　　"好，我跟公司说一声，给你订机票。"

　　当天傍晚，我回到酒店，把本来要去东北穿的一大一小两件羽绒服都套在身上，拖着大箱子在婺源上了出租车，出发前往景德镇。当时体温 39 度左右。

　　出租车穿行在微微起雾的国道上，两边都是类似徽派建筑的民居，好美的烟雨江南，自己却像个粽子一般，半死不活地靠在后座，真是难得的人生经历。

车在半路停了。

司机下了车，跟对面来的另一辆出租车商量着什么。当时已是夜里，窗外也已经黑了。有那么一瞬间，我真觉得自己要被卖到深山里面了。可当时我一没力气逃跑，二也还对人性的美好抱有一丝幻想，于是就紧紧盯着窗外的他们，心里盘算着假如一会儿有问题要怎么应对。

过了一会儿，司机回来了，用夹着方言的普通话跟我解释，他想早点收工回家，对面那司机愿意跑一趟景德镇，我只需付这半程的车费给他，剩下的付给那人就好。

还有这样半路上倒卖乘客的？

我将信将疑地下了车，看司机把箱子挪到对面车上，俩人很熟络地说再见，这才稍微放下心来。

接下来的路程雾气越来越重，能见度也越来越低，我不敢睡觉，一直盯着窗外的路，或者看司机有没有打瞌睡，就这么一路心惊肉跳的，终于抵达景德镇机场。

登机的时候，机舱所有乘客都用看怪物的眼神看着我。当时刚入秋，大家穿的不过就是长袖 T 恤加外套，眼前猛然出现一个套了两件羽绒服、捂着大棉帽子的人，能不盯着看吗？

顾不得这些了，随你们怎么想，老娘在发烧好吗！飞机起飞那一刻，我默默跟自己说："我一定要活着回北京。"

深夜抵达荒凉的南苑机场，男友已经等在那里，把我接回了家。尽管还在高烧，心情却好了一百倍。吃了退烧药，很快就睡着了。

第二天早上醒来，体温回到 37 度，整个人生龙活虎。

这一场来得快去得快的奇特病症，简直是个谜。后来我猜应该是自己的身体接收到了"不想去东北"这个强烈信号，自作主张演了一出高烧 41.5 度的好戏。

回到公司上班，老板在例会上故意问："朱墨你不能去剧组是因为身体原因对吗？"我支支吾吾："哦，呃，嗯，是……"然后赶紧羞愧地低下了头。过了会儿偷瞄大家的表情，一个个脸上都憋着笑。

这件事也着实被当成笑话，在冯导工作室和公司讲了好几年。

"听说公司派了个驻组宣传来是吗？"

"啊，对。"

"人呢？"

"回去了。"

…………

"谁是朱墨？"

"就那个派去《集结号》剧组，第一天就病了，第二天就回来了的。一下现场没去，剧组房间都没住。"

"哦，她呀！知道知道。"

…………

直到前阵子跟陈国富导演吃饭，还被他拿来调侃，跟在座的其他人说："其实朱墨刚到公司的时候，我的印象里是减分的，给她派去驻组居然还病了回来，也太娇气了……"

唉。真是出师不利，铩羽而归。

"癫疯" 时刻

长大以后你会发现，人生中那些重要的时刻，不一定是你在人前光鲜亮丽的时候，反而可能是你最灰头土脸的时候。

在华谊上班几个月之后，有天徐立把我叫去她的办公室："墨墨，有件事情要告诉你，经过很慎重的考虑，因为一些个人原因，我决定辞职了。从 2003 年到 2006 年，正好三年整，也许到了离开的时候。"

我看着她的眼睛，眼泪掉了下来。徐姐说："墨墨，不许哭。"

尽管刚进职场，但我毕竟不是傻子，能感觉到几个月来公司内部的人事斗争，有时候我们这些下属也会被波及。只是到了决定离职的程度，应该已经蛮严重的。

自那之后，骨牌效应逐渐显现。几个月之内，同事兼好友王瑒也辞了职，宣传部另一位同事调去了电视剧部门，还有一位调去了营销部。就这样，才来公司上班半年，好多事依然懵懂的时候，我的直属领导走了，同事们也都走了，我成了宣传部唯一一个小萝卜头。

不知道别人遇到这种情况会怎么做，是不是会等待公司安排新领导过来，自己就先拿着工资混日子，但这不符合我的性格，眼看有很多工作需要人做，干脆静下心来，用仅有的经验思考过后，把急需做的事情分了几类：

第一，尽快与全国媒体建立联系，瑒瑒作为之前的联络人已经离职，我需要让所有记者知道今后关于华谊的事该找谁；第二，手头两个项目《天堂口》和《集结号》的媒体合作需要及时展开，拖着就会错过最佳谈判时机；第三，6月要安排《功夫之王》在横店的媒体探班，接着是《集结号》和《天堂口》在上海电影节的宣传活动。

说干就干。没有直属领导，也就意味着小事可以自己做主，不需要跟谁请示。

先按照媒体名单给所有记者发了邮件："您好，我的好朋友王瑒已经于 × 月 × 日离职，今后有关华谊兄弟电影的媒体事务可以与我联络，以下是我的联系方式……谢谢。"这封信的原版现在还躺在旧电脑的草稿箱里，是个小小纪念。

跟所有记者建立联系之后，其他几项工作也陆续展开，没人管没人教，就自己摸索着做，遇到不明白的就问瑒瑒，她每次都细心解答，到今天我们已经是超过十年的好友。小事自己做主，遇到大事就写邮件问老板和陈导，他们也都会迅速反馈。在这样的过程中，我的工作技能和经验突飞猛进。

不久之后的 4 月，北京大学生电影节迎来了第 14 届。我作为两届组委会的"老人儿"，这次是以全新的身份——"参赛片片方代表"参与其中。终于可以在内场座位上安心做个观众，看着师弟师妹们穿梭来去地奔忙，心中涌起许多感慨。当场内直播倒计时响起，开场舞音乐开始轰鸣时，我已不由得热泪盈眶。

还记得自己如何像个小粉丝一样，凑在那些大导演身边合照；翘首盼着看到一个个明星，打电话给爸妈告诉他们记得看电视直播；每一次颁奖典礼结束之后，跟组委会的同学们拥抱大哭，庆祝完成了那么多几乎不可能完成的任务……那时的我们热情高涨，单纯可爱。如今仅仅一年过去，自己俨然变成了一个专业工作人员，在现场表现得冷静而淡然，这种成长，正是成长本身该有的样子吧。

与此同时，毕业的日子也越来越近了。

尽管已经在华谊工作了好几个月，但我依然是个北师大的研三学生。毕业论文是用平时工作的间隙完成的，标题叫作《华谊兄弟与新画面之营销对比》。这个题目是为了理论与实践结合设定的，当时，与冯小刚合作的华谊兄弟，与张艺谋合作的新画面，是两家最具代表性的民营电影公司，常常会轮流登顶年度票房冠军，两家公司的不同之处有很多，具体到我的工作领域——营销宣传，风格也是很不一样，值得分析。后来，我还把装订成册的论文郑重地给老板交了一份，他脸上的表情分明写着："哎哟喂，看不出来啊！"

毕业答辩那天，提前跟公司请了假。早上六点多起床，八点前准时赶到学校。上学的时候都是睡到中午才醒，鲜有早晨起床溜达的经验。那天发现早上的师大是那么热闹，很多家长开车送孩子去幼儿园，学校里竟然还会堵一会儿车。忽然有点遗憾，以前错过了那么多校园里的清晨。

答辩的地点是艺术系的 202，正是我当年来复试的房间，有那么一个瞬间，我恍惚回到了三年前的春天，推开 202 的门之前，曾经深吸一口气，跟自己说，你一定可以……

周星老师邀来的答辩老师都是大家喜欢的，整个答辩过程气氛一直很活跃，老师之间互相开玩笑，探讨论文内容，一点都不学究。我的答辩时间是下午，阐述论文、老师提问、准备答案、回答问题。进行得很顺利，老师们对我的文章给了很高的评价，据同学说，在我答辩的时候，所有老师是最认真听的。窃喜。

其他老师在会议室评议的时候，我们和周老师在外面聊天、拍照。等到再次进入 202 时，就是宣布结果的时候了。当老师对着第一位同学宣布出"答辩委员会一致通过答辩，建议授予硕士学位"

时，我的眼睛一下子湿润了，很平常的几个字，在这样的时刻说出来，有那么沉甸甸的意义。怕周围的同学看到，只好使劲抬抬头，尽量保持微笑。终于轮到自己，老师们说我的论文是"优秀"。

当天，所有同学全都顺利通过。202 瞬间从答辩会变成了喜乐会，大家摆出各种 pose 在"2007 硕士学位论文答辩"的条幅前拍照。出了艺术楼，就在当年第一次来师大停车的地方，给爸妈打电话，告诉他们——我的学业就这样圆满完成了。

晚上，搭王宜文老师的车回家，在过街天桥买了一束太阳花送给自己。即使回家要面对堆积如山的工作，但这一天的好心情是无可取代的。

标题所说的职场"癫疯"时刻，就出现在毕业后不久。

每年 6 月都有上海电影节，那一年公司有两部电影要亮相，《集结号》和《天堂口》。两部戏的主创齐聚上海，有冯小刚、吴宇森、舒淇、吴彦祖、张震、刘烨、张涵予、邓超、廖凡、王宝强、李晨等一众明星，他们除了参加开幕红毯之外，还要参加我们为这两部戏举办的宣传酒会。在这之前，公司还决定借着电影节的契机，安排《功夫之王》在横店的媒体探班。这次探班的阵仗非同小可，成龙、李连杰两位功夫巨星首次合作，他们俩和导演罗伯·明可夫（《狮子王》《精灵鼠小弟》的导演）、刘亦菲、李冰冰等主创都会出场。

那段时间，我已经把"周一到周日每天工作到凌晨三点"这个节奏保持了两个月，有天甚至还收到老板半夜发的信："墨墨，你不要再发邮件了，现在去睡觉。"

其实也不是刻意要这么用功，而是给自己排的工作一项接一项，确实做不完。我的性格不能接受拖拉，当天应该完成的事情，不能拖到第二天，这样下来自然就变成了连轴转。当时用的邮箱客户端是 Foxmail，每当有新邮件出现，右下角就会有一个小框框冒出来。每次一边写着东西，一边看到那个小框框又出现的时候，心中就有一种按捺不住的激动。现在看来其实有点病态。

出差去《功夫之王》剧组之前，想到从前期到后期如山一样的工作，我心里也开始没底起来。要知道，那时候的我不仅没有安排探班的经验，连现场接待媒体都是第一次。好在同事临时介绍了一个小女孩给我，说是这趟出差可以帮个忙，我赶紧答应下来。

之所以把探班安排在这个时间，是想借助上海电影节的平台。当时全国大多数记者都已抵达上海，只需安排大巴把大家送到横店，可以为公司省掉大笔差旅费，同时获得最大范围的媒体曝光量。由于《功夫之王》两位巨星的关注度，加上又是一部好莱坞大制作，媒体的热情相当高涨，报名人数创下了纪录。普通的电影探班活动，记者一般就是几十人，这一次光报名的就超过两百，还不算一些可能会临时出现的人。

关于这次探班，我要做的工作如下：提前对所有媒体发出邀请，记录好谁能来、谁不能来、谁要找人替他来，通知大家集合的时间地点，等等。同事提前帮我租了五台大巴车，停在上海虹桥机场停车场，我当天要从北京飞到上海，直接在机场把所有记者带上大巴车，再出发去横店。发车前，要帮大家准备一些简餐和水，还要发放提前准备的新闻稿，当然这稿子也是我写的。

那天，我带着一个初次见面毫无经验的女孩，一起上了飞机。两百多个记者留的联系人电话只有我一个。我在飞机上就想，一会儿落地之后，手机将会迎来多么恐怖的狂轰滥炸。果然，从落地开机那一刻起，直到一个小时以后最后一辆车出发，我的手机就一直处在通话及不断被插播的状态，挂掉一个另一个马上打进来，周而复始。

我负责跟到场的记者一一确认姓名，签到，尽量记住他们的长相，女孩作为我的小助手负责上车发记者证、新闻稿、食物和水。因为《功夫之王》的号召力，当天来的记者不仅有中国的，有马来西亚、新加坡的，还有一些欧美记者。那时的我英文口语还很一般，但也硬着头皮跟人聊，总算把一拨拨记者都安排上了车。

开始总是担心车不够坐，尽量把人往前赶，前面几辆车都坐得很满，让小助手带着头车先出发，到了片场有其他部门同事接应。等我这边剩下最后一辆车的时候，才发现所有记者都已经到齐了，最后一辆车只剩下我一个乘客。这样更好，不需要招呼任何人，上车就在最后一排躺下，睡了个昏天黑地。

　　司机停车叫我的时候，我揉揉眼睛，发现已经抵达片场。赶紧下车去找同事们，问前面的记者来了没，大家说一个人都没见到啊，我赶忙打给小助手问，她说还在路上。原来我这辆车的司机开得快，最后一个出发，竟然第一个到了。

　　探班的过程按下不表。任务一个接一个，探班之后马上写稿，写完之后给所有记者发稿，当晚并未在横店停留，而是坐车提前赶回上海，在上海的酒店安顿下来之后，又马上开始准备次日的工作：上海电影节公司酒会的媒体邀请和确认，酒会的流程、串词、新闻稿，一项项写完，再一项项给老板确认……

　　基本上一个部门的工作量，当时是我一个人在做，可以称为职场中的"巅峰时刻"。

　　那段时间，除了会变态地期待工作邮件，仔细阅读里面跟我有关或无关的所有信息，以此了解公司的业务架构，学习其他部门的专业术语，甚至去判断同事之间的人际关系之外，我还做过更变态的事情——在打印机旁边捡"垃圾"。很多部门会把打印坏了或作废的文件堆在打印机旁边，成为大家重复利用的环保纸。手头没有工作的时候，我就会去那里翻翻，有时会看到印了一半的剧本，有时会看到缺页的合约，能扔在这里的，应该也算不上公司机密，不管跟我的工作有没有关系，我都会捡起来读，说不定能从里面学到点什么。

在那之后的几年里，我接连升职，逐渐搭建了自己的团队，不再需要亲力亲为做那么多琐事，但那段工作狂的经历我会一直记得。一方面是要告诉自己，那样的日子都能乐观地坚持下来，别的困难也算不了什么；另外一方面，也总在跟团队开玩笑，你们在工作中可糊弄不了我，因为你们现在做的所有工作，我当初全都做过。

现在想起多年前的自己，觉得那个灰头土脸拼命工作的小孩有点神经，又有点可爱。我不能说自己走过的路可以为所有人提供参照，但起码这是一条靠自己努力闯出来的路，或许它比很多其他的路都更直接，更容易通往你想去的目的地。

银幕里走出的兄弟

无论对于华语电影，还是对于我自己，《集结号》都是一部里程碑作品。

当它拿下 2007 年国产片票房冠军时，中国已经有几十年没出过像样的战争片，而今多年过去，也再没看到过能望其项背的国产战争片。对我来说，它是我进入职场后从头到尾参与的第一个电影项目，在跌跌撞撞中学到很多东西，让我逐渐明白电影工作完整的模样。在这里我想花些篇幅写几个演员，是他们让我在刚接触这个行业的时候就明白，当你遇到一群真正的伙伴时，集体意志的力量是多么巨大。

1. 谷子地 vs 张涵予

《集结号》于 2006 年开机的时候，很多人以为它是一条船。

随着这艘"大船"的起锚与航行，我这条"小船"也得以在旁跟随，对"电影到底是怎么一回事"有了更多了解。这个项目刚启动的时候并不被外界看好，但船上还是慢慢聚集起了很多人，现在看起来，应该就是所谓的缘分吧。九连那帮弟兄正是被这种缘分聚到了一起。要说他们的故事，肯定得先从连长"谷子地"说起。

拍《集结号》之前，张涵予有几个不同的身份，演员，译制片配音员、古董收藏家、冯导的朋友。因为是好朋友，张涵予经常在冯导的电影里客串角色，其中包括《没完没了》《手机》《大腕》和《天下无贼》。四个串的角色都没有名字。第一个角色叫朋友，第二个角色叫同事，第三个角色叫神经病，第四个角色叫画画人。除了《天下无贼》拍的时间长一些，其他都是一天就拍完。直到《集结号》，他终于有了一个名字，这个名字从影片开始一直叫到结尾，叫谷子地。

回想起第一次看完剧本的感受，张涵予说："我没办法完整地看下来，眼睛永远是模糊的，看到中间，干脆就放下痛哭了一场，再把眼睛擦干继续看。这个过程中，眼睛又疼又肿，心里也特别不舒服，整个人彻底拧了。后来回到家，又把剧本反复看了很多遍，我从来没有过这感觉，那个人物的形象栩栩如生，永远在我脑子里印着。那之后，平均一个星期两回梦，都是跟谷子地有关系的。"

其实刚刚看完剧本，他就问过冯导，能不能让自己试试谷子地。当时冯导说，这个角色已经有人选了。张涵予心想也合理，但这么牛的一个故事，即使演配角也要参与。事情如他所预期，导演决定让他出演配角赵二斗。最初《集结号》选了很多演员来试谷子地这个角色，张涵予就一直以赵二斗的角色与他们搭戏。

试到最后的时候，张涵予又跟导演申请试试谷子地，冯导听了只是笑笑并没有回答。对此张涵予也能理解："他当时对我有点担心，觉得我身上那种北京大院子弟气息比较浓，和谷子地这样的人物是完全不一样的，而且一开始考虑的是用明星来演，但是后来公司决定不用明星了，我又感觉自己有机会去争取这个角色。"

张涵予的主动请缨和不懈努力总算没有白费，最终冯导和公司决定由他出演谷子地，这着实给了他一个大惊喜。

后来他跟我说："万事都要讲个缘分。谷子地跟我确实是有缘分。你解释不清楚，他就是最终翻来覆去、辗转腾挪、阴错阳差的老天安排。这个剧本、这个人物，是我从艺二十多年来，碰到的最震撼心灵的一个作品和一个人物。有点曾经沧海难为水的意思。今后我可能短时间内不会超越他了。我自己心里知道不可能。"

2006年12月19日，影片开头那场攻坚战开拍。

"小时候我们是扔下书包就玩打仗，那会儿一筐的玩具全是枪，但是我都分给别的孩子用，我就喜欢拿一根棍去指挥，大家分国军共军两拨，开打。那天，大家在现场准备第一场戏的时候，我们趴在那个战壕里，看着我后面一百多个九连的弟兄，还有前面那座城市的废墟燃起的烟，我有一个感觉，就是小时候的梦实现了。"这是他对开机第一天的记忆。

一年以后的 12 月 19 日，上海首席公馆。《集结号》宣传至上海站，大家正在这座颇有腔调的杜月笙旧府邸里给他过生日。

经历了几个月的宣传期，整个团队已经非常熟络，我也跟着大家叫他涵予哥。切蛋糕的时候，人们嚷嚷着让他许愿，他说："希望《集结号》票房过 3 亿。"这在当时的电影市场可是个天文数字，大家都起哄说："对对对，3 亿 3 亿！"他一本正经地说："我可没开玩笑，要不然你们等着看。"

最终《集结号》票房高达 2.7 亿，甚至超越李连杰、刘德华、金城武三位大明星主演的《投名状》，登顶 2007 年年度国产片票房冠军，震撼了整个业界。

在演员里面，张涵予算是大器晚成，身上没有那些明星的"臭毛病"。工作期间不讲究排场，要不是因为一次意外，他可能连助理都不带。

那是在宽甸拍最后一场戏的时候，天特别冷，他又穿得少，受凉了，半夜的时候腰疼难忍，但大部队已经转移到了沈阳，楼里没什么人，他喊了半天没人听到，只能自己硬从床上翻下来，爬到楼道里去敲制片主任的门，这才给送到了县医院。听闻此事，他的助理也连忙赶到了剧组。

"当天晚上，不夸张地说，我是喊了一夜来解疼，助理一夜没睡，用胳膊肘压着我的腰，第二天早上就发烧了，40度，基本是昏迷状态到的沈阳。到的时候，景都弄好了，部队也都调来了，我跟自己说，必须撑着拍完，不能拖大家后腿。导演看我的样子，很快地把那场戏拍完了，赶紧让人给我送到医院打点滴。"

自从这次之后，大家都不敢掉以轻心，出差时都会让助理跟着他一起，必要时帮忙做一些推拿。不管拍戏还是宣传期间，其他演员都把张涵予当成主心骨。他年长大家几岁，也乐于当这个大哥。以至于在电影结束后很久，大家重新聚在一起时，都还是会"连长""连长"地叫他。

2015年冬天，我去看《老炮儿》首映。从影院出来，时间刚好到了12月19号，给涵予哥发了个短信，祝他生日快乐。多年没见，当年的谷子地，后来的闷三儿，依然还是那个有血性、有追求的北京爷们儿。

2. 姜茂财 vs 王宝强

九连有一个"神"一样的存在，那就是王宝强。

关于王宝强的励志故事，大家都耳熟能详。从被李杨导演选中出演《盲井》，到凭《天下无贼》傻根一角红遍全国，到2012年参演了跨时代的作品《泰囧》，再到以导演身份拍摄《大闹天竺》，发布会上冯小刚、陈凯歌、徐峥、曹保平、陈思诚、李杨、韩杰七位导演现身捧场，这个总是农民工形象的憨厚男孩，一直在不断攀登着新的人生高度。

第一次见王宝强，是为《集结号》做资料收集采访。这部电影的营销中，很多工作方法在当时都是首次尝试。比如为了收集全面资料作为宣传储备，在陈国富监制的建议下，我效仿好莱坞公司的工作模式，为每一个主要角色写了采访提纲，再去对每个演员做面对面的采访，最后写成厚厚的一本 production notes，中文称为"制作纪事"。

采访王宝强那天，他准时来到办公室。同事架机器的时候我们闲聊，他说自己是河北邢台人，我说那咱俩老乡啊，我河北保定人。"真的啊？"他露出傻根式的招牌笑容，脸上的几颗雀斑也跟着皱到一起，特别可爱。

刚开始跟他聊天的时候，你会觉得这人真实在，你问什么他就说什么，从来不带任何外交辞令，但聊得久了你会发现，他说话分寸拿捏得刚刚好，是有高情商的人。所有感觉是不经大脑的大实话，却没有一句让人不舒服，更没有一句会伤到别人或带有负面歧义。

我忽然明白到，这就是王宝强在行业里的处世之道。在别人眼里，他是一个长得不帅，家境普通，没有靠山，只靠幸运才有今天的"傻孩子"，他也乐得把这个形象当成自己的保护色。在憨直可爱的外表之下，包裹着的是一颗有智慧的心。

《集结号》拍摄和宣传的时候，大家老爱拿宝强开玩笑。他知道这是大家疼他，也很乐于担任这个开心果的角色。

有一回，老板王中磊、导演助理述哥、张涵予仨人在工作间隙聊天，他们使坏说，等会儿宝强来了，咱就跟他开玩笑，说"你看外面都特爱议论什么华谊一哥一姐，现在咱们《集结号》这么火，等这部戏之后，宝强你就是华谊的一哥了"，咱看他怎么说。

过了会儿，宝强过来了。述哥故意跟老板讨论谁是华谊一哥，看得出宝强特别认真地在听，接着两人话锋忽然一转："宝强，我们讨论来讨论去，都觉得《集结号》之后，华谊一哥就是你了！"宝强眼睛里先是露出喜悦的光芒，然后是傻根式招牌笑容："真的啊？"

"当然是真的！"

宝强不好意思地低下头，过了好一会儿，忽然像明白了什么似的，认真地说："不对啊，《集结号》火了之后，一哥应该是涵予哥啊！"

大家已经笑倒在地上。

宝强生活里有一说一，演戏也是如此。他不是科班出身，大家都知道他早年间在北影厂门口当群演的经历。真正开始演戏之后，他靠的都是真情流露。举个例子，《集结号》有一场戏，是他在戏里的搭档爆破手吕宽沟即将牺牲，他演的狙击手姜茂财把战友抱在怀里痛哭。拍这段戏的时候，宝强每条都是真哭，加上拍摄现场特别冷，每条都是挂着长长的大鼻涕，这可把演吕宽沟的李乃文给折磨惨了，每次都要经历《喜剧之王》里那一幕，但是导演不喊卡也只能忍着，任凭那条大鼻涕在脸上晃来晃去……

《集结号》之后，宝强又演了《李米的猜想》，跟周迅合作。对这个弟弟，当时周迅是这样形容的："他处于一个事业上升和冲锋陷阵的阶段。曹导对表演要求很高，不是一次两次就行的那种，在这个过程里，我看到了宝强的认真。因为他要说云南话，但他在语言上没有那么灵活，第一天拍的时候我们大家为这个笑场笑得很严重，但是拍到后来时已经是天差地远，他的这种努力大家都可以看到。他是一个很有灵性的演员，每次导演跟他说的东西，他都能很明确地去释放和表达，而且他很单纯。因为他在农村长大，我会问他一些关于蔬菜啊庄稼啊之类的问题，一说到这些，他一下子就会变成另外一个人，非常开心。"

周迅形容王宝强的一句话，可能正是所有观众喜欢他的理由——"当他笑起来的时候，你会觉得这个世界太美好了。"

一年多前，宝强遇到一些事，这让人想起《天下无贼》里傻根的一段台词："俺的家住在大山里，在俺村有人在山道上看见摊牛粪，没带粪筐，就捡了个石头片围着牛粪画个圈，过几天想去捡，那牛粪还在，别人看到那个圈，就知道牛粪有主了。俺在高原，逢年过节都是俺一个人在那儿看工地，没人跟俺说话，俺跟狼说话，俺不怕狼，狼也没伤害过俺。俺走出高原，这么多人在一起，和俺说话，俺就不信，狼都没伤过俺，人他会害俺？人怎么会比狼还坏啊？"

在电影里被一直保护着的傻孩子，终究还是与残酷现实正面遭遇。就像刘德华在片中说的："生活要求他必须要聪明起来。"经此一役，现实生活中的王宝强，再也不会是电影里的傻根，未来路还很长，以他的智慧和韧性，一定会重整旗鼓，让自己变得更加强大。

3. 赵二斗 vs 邓超

说说现在已经做了导演，拿了影帝，因为"跑男"被全国人民熟悉的邓超吧。

我跟他在工作中合作过四次。第一次是《集结号》，他演炮兵连连长赵二斗，后来凭此拿下大众电影百花奖最佳男配角；第二次是电影《李米的猜想》，那是他第一次担纲大银幕主角，跟周迅合作毫不怯场，得到业界颇高评价；第三次是他和车晓主演的电视剧《艰难爱情》，他演一个钻石王老五；第四次是徐克导演的《狄仁杰之通天帝国》，他在里面一头白发非常亮眼，动作戏也能做到行云流水。

他是个不折不扣的文艺青年。拍摄《李米的猜想》时，我对他做过一个很长时间的采访。谈到这部电影，他是这样概括的："这是一个疯狂的故事，它像北京现在外面的天气，是灰色的，灰色的苍白，但有一丝温暖的火光，就像我们进入现在这个小屋一样。

"戏的主题是爱情，我们在一起探讨的时候，有人说爱情是毒药，有人说爱情就是晚上回家看见窗户上一盏温暖的小灯，我说我觉得爱情就是付出，而且爱情是自己的事，跟对方没关系。还有一个比较通俗点的词，爱情就是照顾，你照顾她的一切，你照顾她的心情，你照顾她的喜怒哀乐，照顾她身边的朋友，我觉得方文（戏中角色）跟我挺像的。"

尽管现在邓超在微博上是个"逗比"形象，但了解他的人都更愿意说他是"戏痴"。2015 年邓超与曹保平合作的《烈日灼心》，让大家再度见识到这位演员的魅力，而他们之间的创作火花，早在《李米》时就已经熊熊燃烧了。用曹保平的话说："邓超是一个对自己要求没有止境的人，有时这种无止境都让我感觉他是成心较劲。"

《李米的猜想》最后，有一段戏是邓超对着 DV 说了一段独白。那场戏拍了四条，每条都是不同的方案，导演已经觉得很好了，因为每一种他都给出了不同的演法，位置、表情、状态都有变化，但是邓超却一直觉得很沮丧，觉得还可以更好。已经夜里十二点多了，他还在跟曹保平说，咱们能不能再来一遍？导演只好制止他："已经没问题了，肯定行。"到最后剪完片子，导演认为这是他整部电影里面最好的一场戏。

对那场戏较劲的原因，邓超说："那是整个电影里最重要的一场戏，要揭晓谜底，解释一切。就像剥鸡蛋一样，给观众看剥开之后的样子，你是否是熟的、你是否是新鲜的、你是否是能吃的、你是否是半成品……那天的障碍就在此。这场戏是电影开拍不久就必须得去拍的一场戏，我就一直觉得不够好。我这人确实有这方面的毛病，而且随着年龄的增长这方面的毛病越来越重，到后来他们对付我的办法就是，我还没张嘴，大家就说：'行了！别问了！可以！很好！非常好！'"

对于这位搭档，周迅是这样说的："我挺喜欢邓超的那种感觉，很淡定，不是一定要往上爬的状态，他不是那种名利熏心的人。有一种演员是会在现场不断不断地想，还可以怎么样，邓超就是这一种。你会觉得他真的执着，对戏剧真的是热爱。我们第一天拍的戏，他到最后一天还在问我你觉得当时那个镜头怎样，我就崩溃了，你怎么还记得啊？几场对手戏下来，我就知道他会是一个非常好的演员。有时候他的眼神里的犀利，眼睛里的那种痛，马上就能把我的情绪勾起来。他是一个很真的人、很深情的人，是很讲感情的一个孩子。"

邓超是演员里为数不多的，在各种场合会主动跟认识的工作人员打招呼的人。我们在《集结号》时相识，在宣传的过程中慢慢熟络，后来我从华谊电影转去电视剧宣传部，第一个项目就是他演的《艰难爱情》。那部剧收视率很好，剧组办了庆功宴，王中军老板也来参加，现场其乐融融。邓超来的时候，特意买了一盆花送给我，感谢我的工作。2011 年他跟孙俪结婚，也让同事送来了喜糖。

2015 年 4 月，肖洋导演的处女作《少年班》即将举办第一次发布会。他是我的好朋友，以前是剪辑师，和邓超在《狄仁杰》的阶段有过短暂交集。筹备发布会的时候，过去经常合作的几个主持人档期都不行，我忽然想起了邓超。虽然印象中他没有做过主持人，时下又是炙手可热的导演加明星，况且我们已经好几年没有联络过了，这个想法实在有点太无厘头，但我还是给他发了一条短信，他回复说那天已经排了工作，但是谢谢我能想起他，让我代他跟大家问好。

那阵子，我同时在忙跟成龙大哥的那本书，他的很多朋友都发来了一句话序言。有一天跟大哥聊天时，他说自己很喜欢看《甄嬛传》，完全就是不眠不休地看，根本放不下。我忽然想到，其实可以请邓超也加入帮这本书写"序"的行列，向他发出邀请之后不久，他就发来了自己和孙俪的两句话。

当然，写"序"是邓超给大哥面子，但之所以要说到这些小细节，是因为身在这个行业多年，见过太多过河拆桥、翻脸不认人的事，这些事经历过之后，总不愿意再提起，但好在彼此同行过的情分，还是有一些温暖的人会珍惜。

这位用搞笑外壳包裹住戏痴内心的演员兼导演，他的光荣之路才刚刚开始。

4. 焦大鹏 vs 廖凡

2014 年年初，发生了一件让中国电影人振奋的事情——《白日焰火》拿下柏林金熊奖，廖凡也成为首位华人柏林影帝。说起廖凡，熟悉的不熟悉的，都会用一个词形容他，就是"拧巴"。这人吧，无论如何就是不能跟你好好说话。

最早知道他，要追溯到大学时代，那时《将爱情进行到底》风靡校园，大家都为杨铮和文慧的爱情神魂颠倒着，廖凡在戏里演的是一个不那么重要的角色，用现在的话说就是女主角的备胎。他在剧里戏份不多，长得也不算传统意义上的帅，所以其他几个人都火了的时候，他还相对默默无闻。后来他在电视剧《像雾像雨又像风》里面又演了一个招人烦的反面角色，观众也不喜欢。他爱拿自己早年的经历开玩笑，说经常有观众在路上看见他，一脸兴奋地说："哎，你不就是那个谁谁谁吗？！"他总会说："对！我就是那个谁谁谁！"

　　廖凡在《集结号》里扮演的是排长焦大鹏。跟他的第一次接触也是为影片做采访。他这人说话的方式跟别人截然不同，你丢一个问题出来，他第一反应必然是："怎么能这么说呢？""我觉得你这个问题问得不对。"然后才慢悠悠地说出对这个问题的答案。从刚开始的不习惯，到后来发现这就是他的套路，也就习惯了。反正他只是习惯性地先傲娇一下，那就随他去傲娇嘛。

　　其实他是个挺有趣的人。访问的时候回想起在东北拍摄的艰苦，他说得活灵活现："你知道现场有多他 × 冷吗？那个冷的程度就是……放饭了，你刚把包子从热腾腾的锅里拿出来，咻地一阵风过来，一秒钟，包子就凉了。汤也是这样。我们每天吃着凉饭就着凉汤，一边吃一边看自己脸上的土啊沙子啊啪嗒啪嗒地往汤里掉，指不定咬到哪一口就硌着牙了。整个剧组只有导演的帐篷还暖和一点，但是一大群人，谁也不好意思往里挤呀，就算挤进去也装不下呀。每天特效化妆都会往我们头上脸上身上吹好几瓶子的土和灰，晚上洗澡的时候就有意思了，身上冲下来的土经常把下水口都给堵了，我们洗到一半要先通下水道……"

　　等你被他这些话逗得前仰后合的时候，他就会瞬间把脸一抹，认真地盯着你，慢悠悠地问："请问这有什么好笑的吗？"

　　就这么一人。我对他第一次刮目相看，还是那次拍杂志。

　　我们跟《芭莎男士》共同策划了一期集体封面，大家希望重现战场质感，为此杂志团队费了很大力气布置现场，摄影棚被折腾成了工地，剧组也帮了不少忙，找来了沙袋啊、拒马啊、电影灯啊之类的道具。

《集结号》是一部男人戏，杂志当然希望这些男演员能尽量展现阳刚热血，一部分身材比较好的演员就被编辑要求裸上身。到了要脱衣服的时候，别人都挺爽快，轮到廖凡，他可不乐意了，磨磨叽叽半天，大家轮番过去劝，这才老大不情愿地把衣服脱了。结果就他身材练得最结实好吗？那肌肉线条明明就是时刻准备着脱掉上衣的节奏好吗？到底是在矜持什么？！

不过我当时想，能时刻把身材保持好的男演员，本身就值得赞赏吧。

2014 年夏天，这位同学来伦敦拍广告，老板王中磊嘱我带他去吃顿靠谱中餐。

我跟他自从 2012 年年底《十二生肖》宣传期之后就没见过，一晃也两年了。晚上带这位湖南人去了中国城一家湘菜馆，同行的还有几个朋友。我张罗着点了一桌菜，然后就静等着这个水瓶座开启吐槽模式。

第一个上来的是擂茄子。他尝了一口："这哪是湖南口味的擂茄子啊。"他经纪人打圆场："挺好吃的啊。""是，麻酱挺好吃。擂茄子怎么能放麻酱呢？"我忍住笑，问他："廖凡你会做饭吗？""会啊！""那怪不得呢。"

第二个上来的是孜然小排骨。"这就是半瓶老干妈炖排骨呀。"后边接着上来俩菜，他补充道，"嗯，这俩菜用的是刚才剩的半瓶老干妈。"

其他人都不搭理他，只顾埋头吃，忽然有人附和一句："这湘菜是不太正宗。"廖凡又接上了："你绕了半个地球来这儿找正宗湘菜？好吃就行啦！"一边说一边大口吃着，跟经纪人说："这是我这几天吃得最多的一回吧。"

菜不断地上，我担心自己点多了："吃不完打包吧。"他豪气地说："没，不多，怎么着咱们也都把它给干掉，最起码把那盆米饭给解决了。"

"有个事我觉得特别好笑，今年年初你刚拿影帝，马上不知道从哪儿冒出了那么多人，纷纷表示我和廖凡如何如何，我当年多么看好他之类的。"他递过来一个"你懂我"的眼神，用力地点了点头。

聊到如今国内电影市场之火爆，《变形金刚4》三天卖了7个亿，大家都在感慨今时不同往日，几年前票房过亿是长脸的事，现在你不过个5亿10亿都不好意思跟人打招呼。说到这儿，廖凡忽然想到："咱们《集结号》当年卖了有1个亿吧？"

"什么呀，2.7亿呢！"

"这么厉害！"

"可不是。"

"你说咱《集结号》要搁现在，怎么都得卖 10 个亿吧。"

"我觉得 20 亿。"

"不不，还是 10 个亿。咱们得客观。"

从配角到影帝，这家伙的变化仅限于跟你抬杠时脸上的表情更一本正经了。

开了挂的升职路

电影《穿 PRADA 的女魔头》里有一句台词："当你感觉到自己周围已经乌烟瘴气的时候，你晋升的机会就来了。"

升职当然是件令人开心的事情，但凡事皆有两面，初入职场那几年，我是伴着一路的崩溃不断升职的，尽管那段时间的履历写出来会很励志——

2006 年，二十三岁，上班第一年，华谊兄弟电影宣传经理，月薪四千。

2007 年，二十四岁，上班第二年，华谊兄弟电影宣传副总监，月薪六千。

2008 年，二十五岁，上班第三年，华谊兄弟电视剧宣传总监，月薪七千五。

2009 年，二十六岁，上班第四年，华谊兄弟电影宣传总监，月薪一万一千两百五。

刚到公司的时候，我的工位斜前方是一间会议室，每周老板王中磊、总监制陈国富会召集各部门总监开例会，我每次都会用艳羡的目光看着那个房间，幻想自己哪一天也能在里面有一席之地。没想到这一天的到来，比我预料的要快得多。

进公司的第二年，经过"癫疯"时刻的疯狂工作，我成功引起了老板和陈导的注意，很快就迎来了第一次升职。说句不谦虚的话，今天我也已经是一个管理者，这一路走来，确实再没见过比我当年更努力的小孩，所以公司不给我升职给谁升呢？

当时，公司通过对外招聘，招来了一个宣传总监，就给了我一个副总监职位。记得陈导跟我面谈此事时，我的内心激动得简直汹涌澎湃。于是在上班第二年，我就以"宣传部副总监"的身份，跟大家一起参加每周高层例会了。

更加狗屎运的是，华谊于2007年开始筹备上市，在内部颁布了原始股激励名单，名单包括公司管理层和为公司服务超过一定年限的"老人儿"。所谓管理层，那条线刚好画在了"副总监"处，而当时全华谊兄弟集团好像只有我一个副总监。

股权激励的原则，是大家会被分配到一定额度的股票，以低价购买。现在所有人都知道，这其实就是一笔白给的财富，但在刚开始筹备时，周围却是议论纷纷，大家并不相信一家民营娱乐公司能真的上市，"中影集团还没上市呢，怎么会轮到你华谊兄弟？"这类声音不绝于耳，公司内部也有一些消极言论。

我当时稀里糊涂的，心想反正这是集体行为，要成要亏都是大家一起，没什么可怕的，就先凑钱吧。当时需要凑齐九万块，这对于刚刚上班一年多，月薪几千块的我来说，不是个小数目。那时爸妈的经济条件也不太好，帮不上忙，我把自己全部积蓄两万块放进去，又找几个朋友东拼西借，总算是把钱弄齐了。

完全没想到的是，公司在2009年就成功上市，我一个毫无背景资历尚浅的普通姑娘，竟然凭借这次机遇赚到了人生第一个一百万。

那几年，用现在的网络流行语来说，我就像开了挂一样，如本篇文章开头展示的那般不断升职。看起来这一切都出奇地顺利而美好，但其实美好的背后，是许多无法预料的挑战和困难。

首先是人际关系。

无论工作多努力，我在公司的晋升速度也是有些过快了。其他部门总监都是四五十岁、有着多年工作经验的专业人士，我一个二十几岁的小孩也混迹其中，加上本身性格就外向，而外向容易被理解为张扬，那个阶段让不少人都看我不顺眼。有时候，即使我觉得自己跟从前没有变化，也会被人扣上"变跩了""跟以前不一样了"的帽子，想解释都没地儿解释。

　　逐渐地，一些人说话的语调变得阴阳怪气，我也慢慢感觉到自己的工作被更多双眼睛盯着，这些目光不只来自公司里的同事，有时也来自外面的合作伙伴，在老板和陈导那里投诉我的人越来越多。二十四到二十六岁那三年，我几乎没有真正放松过，感觉每天出门都要披上铠甲，随时准备战斗。一直到 2009 年《风声》上映前夕，我终于尝到了后果。

　　2009 年上半年，公司两部戏《拉贝日记》《追影》连续票房失利，被同档对手打得片甲不留。我也是很衰，年初还在电视剧宣传部做总监，当时公司给了我两个选择，一是在这两部片上映后调回电影公司，二是当时马上转回来。思电影心切的我毫不犹豫地选择了后者，结果，新官上任就赶上两次严重失败，我压力大到口腔溃疡了一个多月都无法痊愈。

　　在这样的气氛之下，《风声》的成败不论对于公司还是对于我，都显得非常关键。在港台明星当道的那时，这是一部几乎全由华谊自己的演员挑大梁的作品，假如再输了，输的不仅是电影公司的钱，还有经纪公司乃至整个集团的面子。在这样的"白色恐怖"时期，我作为营销宣传的重要窗口，是与导演、监制、老板、明星经纪团队、外部营销团队、制作团队、发行团队、全国媒体沟通的枢纽。

　　身在这样重要的位置上，压力之大可以想象。任何一拨人都不敢得罪，但要想让所有人都满意，几乎是不可能的事。随着上映日期的临近，我的工作也受到了多方的质疑，终于有一天，陈导让我先退出了"沟通窗口"这个位置，改由一位四十几岁，有更多行业经验的男同事负责。

这件事情对我的打击很大。

我花了很大的力气收拾心情，知道还要面对自己的团队，不能认输，更不能泄气。于是我催眠自己说："在那个风口浪尖上太危险了，这是老板和陈导对我的保护。"用这种臆想来督促自己继续努力工作。只是一个人回到家的时候，满腔的委屈就会全部涌上来。想着自己那么拼命干活，希望把所有事情都做好，却还是无法抵抗那些无形的力量，那么所有的付出到底是否值得呢？

比如，我跟某重要周刊主编谈了9月连续四期的合作，公司一分钱都不用花，对方给我们连续四个星期的封面，还承诺在每一期的封面上都打上片名《风声》，这在户外就是直接的硬广，过去这家刊物从未给过任何一部电影这样的支持规模。搞定之后，还没来得及开心多久，我却要面对个别经纪人的连番通牒，他们都要求自家艺人的封面排在第一期，彼此之间互不相让，全都来给我施加压力，我希望他们尊重杂志社本身的计划，没人理我。后来，其中一位经纪人在拍摄的时候私下跟周刊签了约，定了出版日期，导致另外一位经纪人知道后打电话跟我大吵几十分钟……

再比如，每次团队精心设计好发布会的流程和串词，发给各位经纪人之后，一定会收到潮水般的修改意见。谁先出场谁后出场，谁先说话谁后说话，谁要第一谁要压轴，全都要掰扯好一阵子。我们谈好了各种电视节目的录制，又要面对谁要和谁一组，谁不和谁一组，为何要我去这个节目而别人去那个节目，为何我要录三个节目而那个人只需要录两个，为何我只能录两个节目而那个人可以录三个……总而言之，多了不行少了不行，先了不行后了不行，永远都是看着别人分到的东西好。

现在回头看，对这些已经见怪不怪，就像前阵子引发热烈讨论的美剧《宿敌》所展示的那样，好莱坞电影圈的明争暗斗比起我所经历的只会有过之而无不及。自己也终于明白，大家都是在其位谋其事，各自立场不同，我只是刚巧处在了"风暴中心"而已。但在当时，每一个大大小小的挑战都是第一次遇到，内心也没有那么强大，很煎熬。

经纪团队在我面前是一副面孔，到了老板和陈导面前又是另外一种，他们会各种摇旗呐喊信誓旦旦团结友爱，回到我这儿却又是各种幺蛾子。在公司内部，各部门之间也是争论不断，比如电影营销和发行两个工种，永远会彼此质疑和推卸责任，怪对方不给力。《风声》是我们第一次尝试与外部营销公司合作，公司宣传部与他们的分工协作也是一个复杂课题，没有前人经验可以参考，许多误会与不理解在所难免……

血泪史不再赘述，好在《风声》最终获得了票房和口碑的双赢，为公司一雪前耻。也是那一年，华谊兄弟成为中国第一家上市的娱乐公司，一扫之前的愁云惨雾，所有人都感到扬眉吐气。我个人在经历了连续的失败之后，也还"侥幸"继续留在了原来的岗位上，毕竟在工作上的真心付出，还是会有人看得到。

　　第二个挑战是身体。

　　前面提到的口腔溃疡还算是小事。那时我要写很多文案和稿子，每天除了在办公室坐上一整天，回到家里窝在沙发上还要继续写，对于腰部的保护毫无概念，每天一坐就是好几个小时，导致长期腰部悬空，终于有天觉得腰痛难忍，去医院检查，人家说是"腰肌劳损"，过去这个词只是在电视上看过，一直以为是老人病，完全没想过会发生在自己身上，只好乖乖接受现实拿着膏药回家贴。

　　贴了几天之后不见好，又去医院做了 CT，被确诊为"腰椎间盘膨出"，再严重一点就会"腰椎间盘突出"，我有点傻眼。还好朋友介绍了一个很好的私人诊所，去那边花高价请人做理疗，医生给了一大堆建议：再也不能睡软床，必须睡硬板床；每坐满三十分钟，就要起来走一走；座椅上必须要有靠垫撑住腰部；左肩不许再背包和提重物；不许再练瑜伽和普拉提，唯一建议的运动就是走路……

　　那时我跟男友住在一个四十平方米的房子里，卧室已经没有什么空间，原来的床不能扔掉，只好买了一张单人硬板折叠床，每天晚上睡觉时摊开，刚好卡在床与衣柜中间，早上睡醒再收起来。这样的日子过了两年。

除了腰病，还在那个阶段落下了顽固咳疾。第一次犯病是2008年春天，大概咳了三个多月，吃了各种消炎药都不见好，最后找到一种"棕铵合剂"，才终于止住。第二年、第三年又犯了病，棕铵合剂不管用了，试遍所有正方偏方也不见效果，每次必须要咳三个月以上才会莫名其妙恢复。再后来坚持贴了三年的中医三伏贴，大夏天弄得满身药味，依然未能治愈。

去协和医院检查，医生说气管、肺部都没问题，扎了三十多针查过敏源，结论是不过敏，最终医生给我下的诊断是"纯咳嗽"，再犯病时只能吃止咳药，没有别的办法。我妈把我这个毛病归结为"神经病"，因为据她观察，我每次犯病都是在工作焦头烂额的阶段，情绪越烦躁咳得越厉害，情绪稳定时又跟没事人一样。这事到现在依然是个谜。

第三个挑战是情绪。

连续升职那几年是我情绪最不稳定的阶段。对自己要求高，凡事希望尽善尽美，一旦出现漏洞，自己已经饶不了自己，更别说还要面对外界质疑，此外还担心大领导对自己失望。在这样的煎熬之下，一周大哭一次是家常便饭。擦干眼泪出门面对世界，基于自我保护又显得浑身带刺，总之那时候自己并不是个可爱的人。朋友们永远在听我絮叨工作里的破事，没绝交已经很给面子了。有时他们也会劈头盖脸骂我一顿，让我可以更加清醒地面对问题。

直到 2010 年，我带着团队陆续做出几个成功案例，身上的压力才觉得小了一些，开始学着用平和的姿态面对各个方面，对自己的信心也逐步建立起来，不再是原来那种自我催眠式的盲目自信。一个很有趣的转变，标志着我整个人心态的放松，这是我后来才意识到的。之前每天不穿高跟鞋不化妆就没法出门，但心里有底之后，就可以接受自己素颜穿平底鞋上班了。

直到今天，我还保留着刚上班时的工资条和每次升职的"加薪确认单"，上面有老板王中磊的签字。在写这篇文字的时候，把这些古董翻出来看一看，越发感慨。

感谢那个疯狂又脆弱，坚韧又乐观的自己。没有那时的她，就没有现在的我。

那件我们不常 提起的小事，叫梦想

工作这些年，一直与我共同成长的有两个好友——肖洋和常松。

认识他们的时候，肖洋是刚从德国回来的留学生，少部分时间在电视台做编导，大部分时间处在无业状态。常松在一所教育机构做"老师"，其实就是业务销售员。十多年后的今天，肖洋不仅是作品名单颇为壮观的著名剪辑指导，更是《少年班》《二代妖精》两部电影的导演。常松是中国最大电影后期公司天工异彩的董事长，也是肖洋这两部作品的制片人。

我们的革命感情始于一次"电影"主题的冬令营。

那是 2005 年冬天，常松所在的教育机构要策划一期这样的活动，其实就是带着孩子们拍短片，肖洋负责帮他张罗"创作班底"。我和师姐李峥利用熟人之便，以北师大电影研究生的身份，被肖洋招进了队伍。

筹备阶段，大家挤在一间很小的会议室里连轴转地开会，饿了就点外卖盒饭，虽然满屋呛鼻烟味，创作火花依然四溅。那年冬天北京格外地冷，我们在郊区一个度假村，吹着透骨的寒风完成了拍摄，后来还举办了"首映礼"。

那之后很多个无所事事的日子，我们常常彻夜聊天弹琴唱歌，在北京清晨的马路上，为一点小事情笑得东倒西歪，在天桥上架着相机自拍，竞争谁看起来更像个民工。有一回，我们去野三坡玩耍，坐的是开往山西拉煤的绿皮火车，到站的时候，每个人头上脸上耳朵眼里都是黑渣渣，大家白天撑着竹筏拍"MV"，夜里坐在河边看星星，描绘彼此理想的模样。

2006 年，肖洋跟常松、李峥一起创业，开了一家拍短片剪视频的公司，名字叫南北兄弟文化传媒有限公司。初期完全没活干，后来开始为一些新兴的视频网站提供短片"货源"，为了节省预算，剧本导演摄影演员剪辑后期道具全都自己来，效率高的时候，一天能拍二十多个短片。

即使这样，他们还是因为无法承担朝阳门高昂的房租，把公司搬到了小西天一间仅四十多平方米的民房里。这一年，我开始在华谊兄弟上班，虽然进了最大的电影公司，但是人微言轻，很难对他们的事业有所帮助。

搬到小西天之后，大家有很长一段时间没收入，所有人都憋在屋里写剧本，梦想有朝一日可以拍自己的作品，久而久之，不要说房租，连吃饭都成了问题。常松作为诸位创作者的制片人，跟当时的女友（现在已经是老婆）连续借了几个月的工资，才勉强维持所有人的生活。直到公司开始有进项之后，他才把这件事告诉大家。肖洋说："我们集体吃了好几个月不知情的软饭。"

回忆起那段日子，常松讲了一件小事。他们公司楼下有个卤煮摊，听摊子老板说有个人是制片，也常来吃卤煮。常松就期待有机会能约上人家见面，跟老板询问了人家住哪儿之后，还跑去人家楼下假装偶遇……后来才知道那人只是CCTV-6电影频道的生活制片，这样的身份对当时的他们来说，感觉已经是接触电影的唯一入口。

第二年，记得是《哈利·波特与凤凰社》上映的时候，我跟公司的营销总监一起去看。映前贴片广告里，出现了一个主旋律战争电影《夜袭》的预告片，营销总监一眼相中，让我打探一下剪辑师的情况。我托一个师兄问起这事，他说："这个人你也认识，肖洋。"

肖洋？！

我特别开心地告诉营销总监，这个剪辑师是我的好朋友！很快，公司邀请肖洋参与了电影《李米的猜想》的预告片比稿。他一口气剪了三个版本，在几个比稿者当中脱颖而出，雀屏中选。

而这之后的故事更神奇。

有一天，肖洋接到一个电话，对方说是陈国富导演的助理："陈导想约你见一面。"带着不可思议的心情，肖洋在三里屯一家意大利餐厅跟陈导碰了面。简短聊过之后，陈导问："你想试试剪辑电影长片吗？我想请你剪冯小刚导演的下一部电影。"

用肖洋的话说，那一刻他感觉像是被雷劈中了一样，但表面上依然努力故作镇定："如果您觉得我可以的话……您敢让我剪我就敢剪。"就这样，一个毫无专业背景、非科班出身的电影爱好者，成了冯小刚导演年度贺岁大片《非诚勿扰》的剪辑师。

剪辑过程中，有次冯导从东京电影节回来，跟肖洋说，我在东京看了一些很不错的日本电影，想做一版像他们那种风格的预告片，你能不能试试看。说完这个，冯导就出去吃饭了。

吃完饭回到工作室，肖洋已经剪完了。导演看过之后，先是沉默了一阵子。肖洋心想，完蛋了，肯定是不满意，这剪辑的工作估计要丢了。哪知冯导忽然拍了肖洋大腿一把说，太好了！我要的就是这种感觉！

电影上映前，在一次发布会上，冯导用了很长时间，对着全国上百家媒体说——

"刚才的纪录片和预告片，都是陈国富监制推荐的一个剪辑师剪的，一个二十出头的小孩，非常有才华。这次和他合作是上帝给我的礼物，真的太棒了。他不爱说话，但内心狂野，阅读量很大，对电影到了痴迷的程度。我希望电影行业能有很多像他这样的年轻人，很专业地做事，想把事情做好，不光有很大的热情，而且有本事。我曾经承诺过他，以后会走到哪儿说到哪儿，借今天这样的机会，我要把肖洋介绍给大家，以后大家想剪片子的话请找他。他很穷，哥几个成立一个工作室，连房租都交不起，现在剪我这电影剪得非常好，我觉得我不能藏宝，应该跟大家分享他的才华。"

2009 年，陈国富导演的《风声》开机。肖洋是剪辑，这是他剪的第二部电影。那时的我也已经升职到了宣传总监，负责这个项目的营销。

那段时间对我们来说都是"非人"的日子。肖洋几乎就住在了华谊兄弟那间专门为他开辟出来的剪辑室里，公司地处顺义郊区，一到晚上所有人都走了，他在那里连个外卖都叫不到，只能去我们的办公区"偷"泡面吃，有时还捡烟头抽，困了就睡在沙发上，醒来就继续剪。

那期间我们各自都忙，只能保持电话沟通，有时他会说又跟陈导学到了哪些东西，这让他多兴奋，我会跟他吐苦水说今天又被几拨人夹击，遇上了几个难题；有时候他会说自己快要卡住，第二天不知道该给陈导看什么，我会说今天又谈定了几个杂志大刊的封面，摆平了看似无解的局面。就这样，我们在交替崩溃和互相鼓励中，一起奋战到了最后。

《风声》筹备期间，有天陈导跟肖洋、常松说，除了电影、预告片和花絮剪辑之外，你们还想不想、能不能做电影特效？听到这个问题，这两人一时之间有点蒙，但还是无知者无畏地答应了下来。其实那时他们俩对电影特效毫无概念。

工作真正展开以后，两个人分工合作，肖洋负责跟陈导沟通创作问题，常松负责寻找团队搭建特效班底。他们将《风声》的特效工作做了细致拆分，找到几个小型特效工作室，这些团队都是由五六个年轻人组成，大家都急需机会来证明自己的能力，常松就让他们各自去做最擅长的部分。工作量最庞大的时候，总共有十二个工作室同时在开工，最终完成了三百多个镜头的特效工作。

这一年，他们把公司更名为天工映画影视有限公司，开始对外承接预告片、全片剪辑及电影特效工作，团队达到几十人，初具规模。

也是这一年，肖洋因为《风声》获得金马奖提名，我们跟着大部队一起去了台湾。颁奖那天，肖洋穿着八百块的衬衫跟着剧组一起走上了红毯，后来被他妈妈说像女演员的保镖。

随着时间的推移，肖洋和常松的作品名单逐渐有了《唐山大地震》《非诚勿扰 II》《转山》《星空》《画皮 II》《一九四二》《中国合伙人》《私人订制》这些名字。我也在这个过程里，逐渐累积了三十多部电影的营销经验，用日复一日的劳作证明了自己的价值。

2013 年年初，陈导和包括肖洋、常松在内的一群伙伴成立了工夫影业。第二年，我完成了英国的学业，加入公司跟大家一起成了合伙人。

后来我问陈导，当年你让肖洋剪冯导的电影，看中的是他的什么？他说，我看过他们用很少的钱拍的那些短片，在有限的条件内把一切资源榨干，也把自己榨干，这是一种能力，不是谁都能做到。当然，最重要的是他有天分。

时间倒回到 2006 年，肖洋曾在 **MSN Space** 上写过这样一段话——

我是一个穷小伙子，今年二十六岁。住在北京的护城河边一间租来的小屋子里面。我的窗户朝北，门朝南，往北可以看到鳞次栉比的高楼大厦，往南可以看到暗流汹涌的护城河。我的理想是做一个导演，我的工作是电视编导。我是湖北人，我来这里已经一年。在楼道里面，只有开电梯的大妈知道我姓什么，还有楼下卖豆浆的山东大爷，知道我爱喝冰豆浆不加糖。单位的同事倒是都能叫出我的名字，但是他们没有一个人知道我住在什么地方，有没有女朋友。这里没有多少人认识我，也许也没有多少人有兴趣认识我。但是，我一定会成名的。在我成名之前，我要写下这篇文字，这文字仿佛就是一个契约，将冷冷注视着我一路狂奔。

时间悄然过去多年，如今回看，契约还在，梦想还在，即使我们不再日复一日地谈起它。前路漫漫，同路的人一直都在身旁，那个词语，我们把它放在心底，在无数个需要力量的时刻，它会安静地出现，在这看似平淡无奇的人世间，带来一刹那光芒万丈的美丽。

番外篇

南北兄弟成立的时候，其实有五个兄弟。除了肖洋、常松，还有下面这几位——

金哲勇，现就职于工夫影业。名字看着像韩国人，长得也特别像韩国电影里的反派。熟悉的人都叫他金子，公司的女孩则叫他金欧巴。金子毕业于中国石油大学土木工程专业，这个一米八几的蒙古汉子虽然读着理科专业，却一直做着小清新的电影梦。认识肖洋、常松之后，毅然放弃中石油的工作，加入南北兄弟。

金子有表演天分，曾经因为演乞丐演得太真实，在路边哭天抢地，引起上百路人围观，造成小西天地区拥堵两个小时。2011年，肖洋和金子联合执导了第一部短片作品《伦敦魅影》，金子在里面担纲男主角，把屌丝形象刻画得相当到位。后来的网剧《匆匆那年》，金子扮演一个猥琐老师，颇受网友好评。现在，金子的处女作《动物管理局》已经开机，这一次，他是做导演。

金子曾经说过一句名言。那是他刚结婚不久，大家跟他媳妇儿路路开玩笑："你得对金子好点，不然等他将来牛逼了就不要你了。"路路脸上刚刚露出担忧神色，金子却在旁边认真地说："可是除了电影之外，我并没有太多的爱，给完她就不剩什么了，应该不会吧……"

这句话后来常被我们引用——"除了电影我没有太多的爱。"

金子在南北兄弟干得如火如荼之时，忽悠了另外一位有志青年加入，他的名字叫汪晶璞，自称"老 A"。

老 A 长得高高瘦瘦的，笑起来牙齿会整齐地全部露出，像极了一条热带鱼。金子跟他说，北京有好工作，可以干电影。老 A 来了之后很久才发现一直没工资，就这样居然也还干得蛮起劲。回忆起当时，他说："那是一个挺奇怪的工作室，但是感觉挺舒服的，就待了下来。那时候我们会把一些电影的创意用在短片里，用电影的标准去制作短片，蛮爽的。"

跟着肖洋、常松真正接触电影之后，他先做的是剪辑，后来天工成立了视效部门，老 A 加入其中，几乎是从零学起，"把能碰的壁都碰了一遍"。他带着一群刚毕业的学生，一点点地在实战中积累经验。

在第一次做电影视效的时候，因为不了解后期各环节交接的流程标准，到了调色环节被告知素材无法使用，老 A 只能将素材拿回来，花了两个月重新做了一遍。就这么一路走过来，今天的他几乎做过电影后期中的所有环节，作品名单里不乏《画皮 II》《一九四二》《私人订制》这样的大片。

现在这位三十出头的长发青年，满身英伦范儿着装，被一群姑娘奉为男神，是天工的创意总监。最近，天工成立了"艺术与未来中心"，掌管者也是他。用肖洋和常松的话说："给他这个空间，不用干别的，只管专心搞艺术。"

天工还有一位剪辑师名叫张为傑。我们认识他的时候，他还未成年，大家都叫他小 P，取"小屁孩"之意。

小 P 是个看起来腼腆其实内心狂热的男孩，跟人说话的时候会脸红。他是肖洋的老乡，当年在北京的一个艺校读书，念的是模特专业（哈哈哈）。认识肖洋的时候，小 P 十七岁，肖洋还是屌丝一枚，刚从德国回来，没钱没固定工作，只是非常坚定地要做电影。小 P 不知是哪里来的勇气和信任，跟家里人表示坚决不上学了，要留在北京跟着肖洋当徒弟，做电影。

在肖洋自顾都不暇的时候，小 P 就在一家永和豆浆店当迎宾，站在门口对着每位上门的顾客说："欢迎光临永和豆浆！"肖洋和常松开始创业的时候，小 P 就辞掉了永和豆浆的工作，加入了最早期的南北兄弟。

从一开始跟着大家拍短片学剪辑，到后来肖洋陆续剪了《非诚勿扰》和《风声》，小 P 也跟在他旁边学了越来越多的技术，加上原本就有的天分和刻苦，到了 2010 年《非诚勿扰 II》开机时，小 P 以剪辑助理的身份跟着肖洋一起进了剧组，在风景如画的海南，负责把每天拍完的素材在当天之内完成顺剪，交给肖洋修一遍，再给冯导检查。

现在，二十几岁的他是电影圈最年轻的剪辑师，已经拥有了自己的代表作，包括电影《太极》《后会无期》《二代妖精》，网剧《最好的我们》《致我们单纯的小美好》等。如今我们见到他，不再叫他小 P，而是叫他 P 爷，他依然还是一副腼腆脸红的样子。

《二代妖精》开机前跟肖洋闲聊，他正处在必然的紧张和亢奋中，忽然就怀念起哥儿几个以前的一次旅行，那次去的是云南。他咬牙切齿道："等我片子拍完了，再带着大家来趟奢华游，去什么云南啊，这次直接去欧洲！"

南北兄弟们，你们记得找他兑现哦。

不用说话的情感

我职业生涯的第一个重要阶段，就是在华谊兄弟的七年。

2012 年年底，"陈国富将离开华谊"的声音开始在业内传播，逐渐沸沸扬扬，越来越离谱。当时我写下这篇《不用说话的情感》，引发不小反响，连并不相识的蔡康永都在微博留言："谢谢你记录下这些小小的故事。"如今重新把这篇文章拿出来，是对我七年工作生涯的另一种注解和怀念——

电影圈向来不缺谈资，大家最爱议论的，除了各种花边八卦，莫过于谁跟谁好了，谁跟谁离了，谁要另起炉灶，谁家又遭遇地震。

信息快速蔓延的网络时代，我们习惯第一时间去揣测，第一时间去传播，哪管事实真假，更没耐心了解背后的故事。因为我们知道，在一个精彩的标题之后，马上会有一个更精彩的标题，迅速再出现。只需手指的几个动作，点击、浏览、转发、评论。然后，追逐下一个。很多时候，当事人不说什么，就当是默认。可就是这个充满诱惑、势利多变、光怪陆离的电影圈，它里面也有真实的情感，不变的信任，永远的朋友。

2006年，在冯小刚导演的热情引荐之下，陈国富导演加盟华谊兄弟，担任电影总监制。

那时候，公司餐厅是大家中午聊天的主要据点，有一张桌子是大佬们的固定位置，他们总会围坐在一起聊得热火朝天。老板的笑声总是很有感染力，陈导则大多数时候比较沉默，以至于我到公司很长时间之后，都不知道他是谁。

陈导到公司监制的第一个项目是《心中有鬼》，导演滕华涛，执行制片人是陶昆，现在都已声名鹊起的他们，在当时的电影圈只能算新人。这部戏没有取得好的票房，内因外因都有，但无论如何，都让老板和陈导加紧了团队建设的脚步。

那时的华谊兄弟电影团队只有三四十人，除了原有的制作部、宣传部和发行公司比较健全之外，营销部、国际部都是初建，只有一两个人。很多工作莫说是部门领导，就连总经理也要亲力亲为。举个例子，那时的老板和陈导，会在半夜接到海报制作公司的电话，通知他们去现场确认电影海报的打样，决定是否可以付印。这在今天看来，几乎不可思议，但我们确实就是从那里一路走来。

2006 年 10 月，《集结号》开机。

这个项目在经过王中军、王中磊、冯小刚、陈国富四人决策小组反复评估，怎么讨论都觉得很难赚钱的情况下，毅然启动。在外界眼里，冯导的性格总有那么点不管不顾的意思，但了解他的人都知道，他骨子里还是会替别人着想。《集结号》不管从题材、阵容、海外销售前景来看，都很难预期收益，但若想高质量地完成，投资却低不了，他不想给公司赔钱。

他们四人之间关于这个项目的讨论，到底有过怎样具体的对话已无从知晓。我知道的是，王中军和陈国富各有一句关键的话，让这个项目最终得以与观众见面。大王总说，小刚，不管了，我是军人出身，你和我都喜欢这个题材，咱们就拍了，赔钱我也认了。陈导则只是做了一个假设，小刚，如果你现在不拍，今后这个题材别人拍了，你是不是会遗憾？

拍电影很多时候就是冒险。没有一点不顾一切的劲头，就不会有奇迹。最不值一提的就是在别人成功后，追在后面总结原因，恼悔自己当初怎么阴错阳差，怎么没赌那一把。《集结号》从拍摄到上映，不管剧组还是公司，上上下下都是一种壮烈的心情，那时谁能预见一部毫无明星的电影会拿下年度国产片票房冠军？

　　《集结号》之前，中国电影市场没有专业的营销素材一说。大家无非就是一两版片花，一两款大头海报，再弄些剧照，建个官网了事。可以负责任地说，《集结号》开启了真正的电影营销素材时代，很多素材制式现在还在被大家广泛沿用。这些工作当时正是由陈国富监制率先提出，并事无巨细地亲自监管。

　　这部电影除了冯小刚之外，没有其他商业符号。当时陈导有个观点，大家都很认同，不同于以往的电影主打明星阵容，《集结号》反而要让所有角色提前深入人心。由此，我们为九连的弟兄们每人设计了一款人物海报，上面大大书写着每个人的角色名字：谷子地、王金存、姜茂财、吕宽沟、焦大鹏……再为他们每个人量身书写一句宣传语，体现这个角色的故事与特质。很多个夜晚，我们一起讨论字句如何可以更贴切，画面如何可以更动人……从那时开始，国内电影才真正有了"说故事"的人物海报。

　　为了追求真实的战场效果，冯小刚导演第一次与韩国特效爆破及特效化妆团队合作，这次合作背后有大量值得书写的故事，我们为这部电影制作了十几支不同主题的幕后解密视频。这些现在已经司空见惯的方式，在当时都是开创性的举动。

　　那时候，老板和陈导常常都会半夜还在回信，老板甚至做到了回复每一封他收到的邮件。那时常常加班到两三点的我们，看到他们的回信，是莫大的鼓励和安慰。

《集结号》的庆功宴上，陈导被大家死活拽上台，但还是站在角落里，与大家碰杯之后，就悄悄地回了座位。那天的宴会有很多明星大腕参加，后来老板活灵活现地跟我们讲陈导如何被大家包围："国富就跟教父一样，往那儿一坐，手往膝盖上一放，就看一个个演员凑过去聊天，他就在那儿偶尔微微点个头，太有范儿了。"

2008年年底，《风声》启动。这是陈国富导演首次在内地执导的电影。

项目最初开始运作的时候，老板、陈导两个人经常开会讨论各种大大小小的事，许多重要的决策都是在那里做出。我有幸成为这些秘密小会议的参与者。

尽管《征婚启事》被无数文艺青年奉为经典，《双瞳》也稳居台湾电影票房冠军多年，但不得不承认的是，当时陈导在大多数内地观众心目中，并不是一个特别熟悉的导演。

与此同时，华谊兄弟经纪公司正如日中天，周迅、李冰冰、张涵予、黄晓明、苏有朋均在旗下，他们五个最终也组成了《风声》的主要阵容，用华谊自己的演员组成全班底，这无疑是对公司的最大支持。有时候，很难说电影和明星到底是谁成就了谁。毋庸置疑的是，在《风声》这个项目上，两者是互相成就。

　　有一天，我看到陈导拿了一张气氛图给老板，上面是裘庄搭建在大海边悬崖峭壁上的样子，这个场景在最初的拍摄规模里是没有的，明眼人一看就知道，光这个画面就意味着预算的追加。而最终，我们在电影里看到了那个画面。

　　这些往事，现在回想起来，就是两个纯粹的电影人之间，无怨地互相支持。除了默契和胆识，还有什么能创造一部突破行规的作品？

　　2009 年，经历了《拉贝日记》和《追影》的连续失利，公司上下都笼罩在低气压中，急需《风声》帮大家重振士气。老板压力大，陈导压力大，同事们压力更大。所有人每天都是抱着破釜沉舟的心情跟自己死磕，很多人在当时都做出了出离于性格之外的举动。

　　《风声》的营销素材数量创下了历史之最，平时一向温柔到不行的台湾女孩 Jennifer 负责视频素材剪辑，有一天在被无数人追着要三十秒、六十秒、九十秒视频以及各种花絮，并且都要求马上拿到时，她崩溃了，把一沓带子甩到领导面前，带着哭腔说："我不管了啦！"

　　导演对制作上的一切细节都要求完美，制作部一向大大咧咧没有什么事过不去的女孩姜朋，面临着后期赶工巨大的压力，如果任何一个环节出现一点延误，就面临电影无法如期上映的风险，终于有天她在办公室对着电话崩溃号啕。

　　我所在的宣传团队更是处在无数方面的围剿之下，每天都有想拿头撞墙的冲动，一周哭一次是家常便饭。老板和陈导也都陪着我们没日没夜，加班加点。我还清楚地记得那时分别收到的两条短信。一条来自老板："墨墨，挺住，撑过《风声》你就无往不胜了。"一条来自陈导："电影对观众是有情的，但对它的亲人却往往无情，你们都是《风声》的亲人。"

　　跟陈导工作过的人都知道，他永远都在思考的一个问题是：怎么样可以更好。不管是开拓不同的作品类型，还是把一部电影的细节磨了又磨，他总希望能给观众最好的，因而不给自己任何借口。有一次采访时他说："电影是不能打折扣的，今天你在摄像这儿打个八折，明天在置景上打个七折，最后出来的就是一部变形的作品。你不可能去跟观众解释，对不起，这里不好是因为那个演员没档期，那里不好是因为美术没搞定。"

　　终于等到第一支拷贝出炉，大家去现在已经歇业的华科看片。我能感觉到放映厅内围绕着一种强烈的感情，如果说这部电影是所有人在用生命努力，并不过分。电影放映结束，陈导面色不见舒展，急着问我们，有没有觉得顾晓梦和李宁玉那场重头戏，某个地方的音乐有点奇怪，我们说没有，但他还是眉头深锁。

　　那一年，《风声》以中等投资拿下 2.3 亿元票房，成为公司上市之际爆开的第一颗礼花。

此后，不管是票房大丰收的 2010 年，还是成绩略逊色的 2011 年，老板和陈导都是我们心中最坚实有力的主心骨。尤其在《唐山大地震》和《狄仁杰之通天帝国》这种项目上，跟冯导与徐导的合作像是在攀登一座望不到尽头的高山，但只要有主心骨在，登山的过程也会变得更有挑战的乐趣。因为你心里有底，就算摔倒或跌落，后面会有人稳稳地把你接住。

2011 到 2012 年，是陈导最累的两年，公司出品的四部电影《星空》《太极 I》《太极 II》《画皮 II》几乎交叠拍摄，他辗转于几个剧组之间奔波劳累，紧接着要连续面对上映期宣发的挑战，又要兼顾冯导《一九四二》和徐导《狄仁杰之神都龙王》的监制工作，身心逐渐吃不消，老板看他这样劳累也觉得心疼。从那时起，陈导开始考虑转换工作方式。

有一次例会，各部门抛出很多问题请老板决定，或许是因为长时间连轴转地工作，大家已经疲惫到不行，没有人给出明确的意见。眼瞅着老板眉头越锁越紧，陈导有点看不下去："你们大家作为部门负责人，不能在这种时候把所有问题都推给中磊，让他一个人扛，然后等将来出现问题时，说，这是老板的决定，我们只是照办。"

与他们工作七年，两个都是爱惜羽毛的人，我却很多次从旁看到，他们为了对方据理力争，不惜折损自己。只是几年来流言不曾停歇，诸如哪家公司重金挖角，谁又要出走自立门户，这些被认真地传来传去，站在了解事实的角度来看，其实编得有点可笑。流言确是娱乐圈本色，但究竟哪些公司向陈导抛出橄榄枝，或提出怎样的合作条件，外人自然难以得知。不过多年在他身边工作，有一点我是清楚的，物质回报对于他从来不是事业的第一考虑，他也从来都是这样教育我们。况且他和老板间多年来建立的信任，早已超越工作岗位的羁绊，而朋友之间感情的分量，更是远远超出那薄薄的一纸合约。

说回公司，其实"一家独大"从来不是华谊的目标。王中军曾经反复强调一件事，中国需要很多像华谊兄弟这样规模的公司出现，我们才能一起把娱乐产业和电影市场做大，这是发展的大趋势，也是电影人在竞争中存活的根本。华谊兄弟这些年在做的，除了寻找商业电影的活路，给年轻导演机会，也一直致力于让牛×导演更牛×。拿出时间回顾一下这些年的中国电影，有多少值得记录的时刻，有多少耳熟能详的名字，都是跟这家公司的成长紧紧联结在一起。

回到我们当初选择做电影的初衷，不正是出于以观众身份对它的热爱吗？观众需要看到更多优秀的华语片，看到不同的电影类型，不仅需要很多像华谊兄弟这样的公司，也需要很多像陈国富这样的电影人，不断开拓出新的疆界，创造出更多的可能性，与不同的伙伴找到新的模式，把新的创作者推上前线，让这个产业的大环境越来越好。大家共同奔跑，彼此超越，最终越跑越快。

这，才是我们大家都爱的那个造梦工厂。

"那时候我们租的办公室就在小西天，旁边就是中影集团，但我们却好像永远也找不到进入这个行业的入口，每天的感觉除了绝望还是绝望。"这是我的好朋友肖洋对过去的回忆。他后来受陈导之邀剪辑《非诚勿扰》，从此事业扶摇直上，如今已成了极被看好的青年导演。我们这些人是多么幸运，能不靠背景，不靠钻营，跟着一个行业共同成长，找到自己的一片天。

算一算，我的老板刚刚进入这个行业的时候，也不过是个二十几岁的年轻人，如今成为作品名单熠熠发光的制片人，正是年轻人励志的范本。这些年来不知道有多少人跟他合作，但经过时间沉淀，能称得上志同道合的战友屈指可数。看着他和陈导并肩走过这些年，碰撞出的火花堪称神奇，彼此之间的情谊早已超越工作伙伴。未来不论环境如何变迁，这一点都不会改变。

作为他们的老战友，我希望今后陈导可以事半功倍，少点劳累，但带给我们更多好作品，而老板则在辛苦打下的疆土之上，又多出更多可以驾驭的生力军。陈国富导演从初来内地时的单枪匹马，到今天成为华语电影原创精神的代表人物，何尝不是所有爱电影的人的幸运。他与华谊兄弟之间的合作，未来只会开启更多可能，结出更加自由生长的丰硕果实。

写这篇文字时，他俩的形象在我脑子里交替出现，其实是性格迥异的两个人。一个喜欢热闹，一个喜欢安静；一个在社交场合风度翩翩应对自如，一个恨不得永远躲在自己的世界；一个无论多忙，每年都会抽出时间陪家人度假，一个无论多累也不休假，觉得不管走到哪里都是一样；但他俩有一点最相同，就是作为一个领袖的凝聚力。

在我印象里，自打进入华谊工作，就没见过老板跟谁大声说话，永远都是平易近人、和蔼可亲，你受了委屈他会替你出头，也会照顾你细微的情绪。陈导就更有意思，跟他不熟的人，往往觉得这人严肃，难以接近。其实他最擅长的就是对人的观察，他会在你被忽略的时候送上关心，也会把所有伙伴的未来当作自己的责任。跟他们工作，你觉得自己被尊重，你确定付出总会获得回报，你知道诚意和努力才是一切的根本，投机取巧或眼前利益只会把你与成功越拉越远。

那是 2007 年的一个下午，已经连续熬夜工作多日的我，被某个大领导在邮件群里公开责难，原因只是莫须有之罪。正委屈得不知所措，竟收到陈导发来的邮件："朱墨，希望你能顶住压力，相信这些状况会让你更快速地成长，我和中磊也会尽快解决公司存在的一些问题。"紧接着，又收到身在加拿大的老板的短信，彼时已是温哥华凌晨两点："墨墨，看到邮件，你不要灰心！"就是这几句话，让我对着屏幕哗哗地掉下眼泪。

如此地絮絮叨叨，出发点是还原一段背后的故事与情感。这故事可以不说，也可以不为人知，在这个八卦为王的时代，这似乎也不是多重要的事。但是说出来了，自己会觉得坦然，起码对得起陪他们走过的这些年。

关于中国电影的正史，更有见识的专家必然会留下记录，我能做的就只是抒发个人情感。某一期《三联生活周刊》有篇很好的文章，叫《不会说话的爱情》。被这个标题启发，想到很多时候，人与人之间的情感碰撞又何止一个结语那么简单。七年的时间，两个对中国电影产业举足轻重的人，他们互相成就的历程，就是一段华语电影当代史。作为陪伴在他们身边的战友，我希望稍微还原这些说不出话来的情感，还原一段真实的战斗历程，一个不允许被误解的七年。

不希望任何事情成为出国读书的阻碍，更不喜欢一切跟金钱有关的强求。即使出国期间需要借钱负债，但我愿意以此为代价，去过想过的生活。与此相比，其他的都不重要。

Chapter 2

幸福的人
且远行

幸福的人且远行

2012 年，我和团队的主要任务是冯小刚导演的《一九四二》和成龙导演的《十二生肖》。

临近年底，《十二生肖》票房一路高涨，眼看元旦之后就能冲到 8 亿元以上，我和同事们也几乎快要累到虚脱。老板见此情景，特批一周假期，让我带大家出去旅行一趟，钱他出。听到这个消息，所有人兴高采烈，一起去了厦门跨年。

回到北京，手头事情不多，终于可以每天睡饱，按时吃饭，也有空见见朋友。春节假期前的一天，跟范冰冰当时的宣传总监杨思维见面，这是一个比我年纪轻，但赚钱能力比我强得多的姑娘。那时我刚买了自己第一套房子，她早已经开始倒腾第三四套房子了。思维性格跟我投缘，都是直来直去，平时大家都忙，见面不频繁，但只要一见就能聊得很开心。

我们约在北京新开的四季酒店喝下午茶。那天她姗姗来迟，到的时候我已经坐在宽敞的沙发上晒得昏昏欲睡。一坐定她就眉飞色舞地讲起去英国旅行的经历，听她说剑桥的河水、伦敦超棒的音乐剧，聊着聊着，她忽然看着我："不如咱们去伦敦念书吧！"

我愣了一下，第一反应是："怎么可能。"她没理我，自顾自地继续说："你去学电影，我去学表演，怎么样？"我被她弄乐了："好啊，你早就应该去学表演！""我不开玩笑。回头我就查查英国的学校，看看要怎么申请。""好啊。"

这事原本就该抛在脑后了。毕竟那时的我，有着一份体面的工作，收入稳定，有车有房，团队给力，老板信任，日子过得很轻松。每天睡到自然醒再去公司，除非电影上映前最忙的时候压力大，平时几乎不需要亲自执行太多工作。这样的生活，还要求什么呢？

没想到的是，出国这事竟然在我心里种下了一颗种子。后来我也在想，到底是哪一个环节出了问题，让我对看似稳定的生活产生了极大倦怠，忽然想要离开？

首先是年龄。我小时候一直肩负着"神童"的美名，虽然平时学习成绩不咋的，但总能在大考时超常发挥，一路走来学业都算顺利。研究生二年级的暑假，已经跟华谊正式签约入职，那年二十三岁。转眼 2013 年，忽然意识到自己快要三十岁了。

这件事情提醒了我。这么多年在职场拼杀，经历挫折感无数，收获成就感也无数，一晃多年过去，这还是我想过的生活吗？好像不是了。它还能带给我激情吗？好像很难了。那要不要趁着三十岁，给自己一个机会，去过些不一样的生活？

要。

其次，那时在职场遇到了大家常说的"瓶颈"。回顾我的工作历程，总的来说顺风顺水，二十五岁已经是公司最年轻的部门总监。从刚刚上任时的各方质疑，到逐渐用时间和能力站稳脚跟，经手的作品名单从三部变成三十部，心里的不安全感却越来越明显。这种不安全感不是来自工作本身，而是来自对自己的认知。连续工作那么久，忽然发现自己经验越来越多，知识越来越少。就像有本书里写到的："身体走得太快，灵魂落在了后面，我想等等它。"

在被工作细节淹没的时候，没空想这些，可人一旦闲下来，这种恐慌就会冒出来。如果脑袋越来越空，有天变成一个只会卖弄经验、失去学习能力的人，那将是多么可怕啊。况且在当时的公司架构中，短时间内很难再有上升空间，这种内在与外在原因的交错，促使我下了决心。

那年春节，是上班以来第一个不需要工作的假期，可以好好陪陪家人。有一天，妈妈在客厅练京胡，我试探着问："妈，如果我想出国留学你觉得怎么样？"原以为她会反对，没想到她说："好啊，你工作这么久了，出去看看也挺好。"不愧是我妈。

转眼就到了3月。这个月发生了几件事。

只是在网上随手搜索留学信息，不久就接到中介打来的电话。人家说假如想今年9月成行，这个时间申请已经有点紧张，很多资料要尽快准备，否则来不及，而且当时牛津、剑桥这种级别的大学已经截止申请。正是这个电话的推动，让我的执行力瞬间爆发。

真的要推进了，就意识到要面对的问题。工作怎么办？团队怎么办？老板会同意吗？对，要第一时间把这件事告诉老板，让他知道我真实的想法，于是特地选在我生日那天，给他写了一封信——

Dear 老板：

在这封信面前的您，首先是我敬重的朋友，然后才是老板和前辈。有些话想跟您好好地说一说，让您知道我心里的想法，也希望得到您的理解。

就在今天，我正式三十岁了。好快啊。不知道别人是怎样，但三十岁对我来说，是一个挺重要的关卡，一直不太想去面对。虽然知道过了这一天，世界还是照样运转，自己也不会有何不同，但在心理上，还是不一样了，我的二十多岁的时光，就这样一去不复返啦。

小时候上学早，同班同学都比我大三岁，后来毕业和工作得也早，自己总是周围环境中最小的，心理上形成了一种习惯，导致总有一些小孩子性格改不掉。直到后来公司里叫我"姐"的越来越多，才越来越直视自己早就变成别人的前辈这个事实。现在进入人生第三个十年，更是逃无可逃了。

三十岁，有稳定体面的工作，有自己的小房和小车，有一群志同道合的好朋友，好像没有什么比这更完美了。工作上，这些年经验累积得越来越多，却也觉得自己越来越空，这个想法之前跟您表达过，确实非常困扰。去年下半年，把全部身心都放在《一九四二》和《十二生肖》上，几乎是熬干了，还好您体谅，让我们休息一阵子，不然真的担心弦会绷得断掉。这些日子一直在重新梳理自己，有些想法也渐渐变得明晰起来。

从2010年开始，出于工作需要，我花了几万块钱学英语，一直坚持到现在，帮助不小。这几年陆续去了不少地方，或旅行或工作，发现外面的世界真的很大。其实从学生时代开始，我一直都希望有机会去国外读书，只是家里不是那么有钱，不忍心让父母负担高昂的费用，研究生阶段就赶紧出来工作，赚钱养活自己了。

七年了，从前三年像疯子一样地努力工作，到中间两年花大力气建设团队，把自己"毕生所学"一点点地教给他们（您肯定了解，教人是比自己直接做要辛苦更多的），再到这两年可以相对轻松一些，不需要再去做具体的执行工作，整个部门越来越成熟。更值得高兴的是，大家对公司的忠诚度，对工作的热情，并没有比我少。能跟一群性格相投、正直且有才华的人一起工作，是很幸福的事。

然而这段时间，总觉得自己学的东西都用光了，尽管拼命地看书看电影，也不太能弥补这种空虚。我真的不希望自己变成抱着经验簿或功劳簿扬扬得意的那种人。我所期待的自己，是永远保持学习的动力，保持对周围事物的好奇，保持对工作的激情，保持对梦想的天真……同时，也能带给工作伙伴鼓励和价值。而现在的我，显然不是这个样子。

所以，在终于跨入三十岁的这段日子，我想试试看，有没有可能申请到去英国继续读电影的机会。之所以选英国，主要是因为时间短，一年就可以拿到学位，回来继续工作。在这一年时间里，让自己沉淀一下，多学一些东西，这里所说的学习，其实也不是指多专业的知识，而是一种眼界和心胸上的开阔，一种世界观和价值观上的提升。这一点必须要跟您坦承，某种程度上，我还是一个心胸不够宽广的小破孩，这样下去是不行的。

这个想法最近才变得比较清晰，其实学校申请、雅思考试、留学要用的钱这些我都还没准备好，不过还是要第一时间跟您说，因为您在我心里不仅仅是一个老板，也是七年来看着我成长的朋友和长辈。人生没有多少个七年，我太珍惜这样的感情和缘分，所以不需要在您这里隐瞒什么，反而希望能得到您的支持和理解。等回来继续跟您一起工作时，希望能带给您更多的惊喜，也带给公司更大的价值。

如果学校申请成功，雅思考试达到要求的分数，能准备好三四十万人民币的经费（这后两项其实还挺难的），公司也能够接受我停薪留职一年的话，我应该可以在今年 9 月出发，明年 10 月回来。关于公司里我负责的工作，初步想了想，应该也不会有太大问题，我的团队已经非常成熟，不论是方向上还是细节的执行上，他们都是一支很有战斗力的队伍；如果需要提供建议和经验，现在网络这么发达，可以随时联系到我；此外团队里也有适合的代理人，可以暂时代管我的工作。不过这些都是初步想法，我还一点都没跟他们透露。想在得到您的许可之后，再跟周围的同事和朋友们讲。

啰唆了这么多，大概把话说清楚了。我心里默默地觉得，您是可以理解我的。不畏浮云遮望眼，这句话我一直很喜欢，我不想变成那种被已有的成绩遮蔽眼睛、失掉前进动力的人，这样我会看不起自己。

希望您能支持我，在人生的这个阶段，给自己一个机会，去成为更好的自己，然后再回来，好吗？

收到这封信的第二天，老板把我叫到办公室，说了这样一番话——

"作为你的朋友，我很愿意支持你的决定，但是作为你的老板，我很不希望听到这样的消息。如果你是希望停下几个月去进修，那公司都可以资助你去，但现在一走就是一年多，还是一个挺大的决定，包括你在公司还有期权，这个怎么处理也要想好。这样吧，我先帮你保密，你先去考雅思，假如真的通过了，我们再商量不迟，也免得现在让公司都知道了，到时候你没考过，那你多丢人。"这段话我到现在都记得很清楚，因为老板帮我考虑到了那么多细节，真的很感动。

这之后有天遇到成龙大哥，跟他说想去英国留学，再拿个电影硕士。他第一句话就善解人意到让人想哭："要不要我帮你写推荐信？"我的小心脏扑通扑通地跳，还有比 Jackie Chan 更合适的推荐人吗？他又问："你要学电影为什么不去美国呢？"我答："英国一年就毕业，美国至少要两年，我一没那么多钱，二也不舍得离开那么久。"

这几件事迅速让出国变得真实起来。北师大的导师周星老师帮我写了另一封推荐信，很多人帮我在短时间内备齐了全部资料。在学校的选择上，也把问题化繁为简。第一，必须要有电影专业；第二，必须要在伦敦市区。满足这两点的学校列出来，选择一所名校作为终极目标，备选两个排名靠前的，再用两个排名中间的保底。

终极目标定在 UCL（伦敦大学学院）。选它的理由很简单——世界五大名校。后来查资料时发现，著名导演克里斯托弗·诺兰正是从这里毕业，主修英国文学。学校里还有《蝙蝠侠》《哈利·波特》《角斗士》《大开眼戒》《盗梦空间》等一大堆电影的取景地，这就更加分了。没办法，白羊座就是这么肤浅。

UCL 和另外两所名校——Warwick（华威大学）和 Queen Mary（伦敦大学玛丽女王学院），对雅思成绩的要求都是 7 分，单项不能低于 6 分。跟留学中介描述了自己的英文状况，他觉得我大概是5.5 分的水平。我问他考到 7 分有没有可能，他笑说，很难，你备考时间这么短，努力应该能到 6 分吧，最多冲到 6.5 分。我在心里默默放狠话，你也太低估本人的学习能力了吧，我非考个 7 分给你看。

接下来的一个月里，有一半时间还在工作，另一半时间闭关，完成了这些内容：十天雅思培训课程、所有市面上出版过的历年真题、一份新东方内部词汇表和三份口语材料、一本四级单词书、一本雅思单词书、一本语法书、一本口语书、一本写作书、四十篇作文练习（特别感谢新东方冯哲老师友情帮忙批改）。

5 月成绩揭晓，7 分拿到手，单项均过 6 分。阅读拿下 8.5 分，只错了两题。

雅思成绩确定，跟老板报告之后，就要面对接下来的工作交接了。意外的是，从 5 月到 7 月，公司对于我"停薪留职"的提法一直没有明确答复。直到有天公司人力资源部的同事来找我聊，委婉地表达集团内部对于此事有争议，因为有史以来并没有过这样的先例。

她一说我就懂了。华谊电影已经不再是当年那个只有几十人的小公司，对这件事的处理显然不能仅凭感觉，而我也不应该让老板因此为难。当晚在微信上跟他表明态度，第二天，我向公司提交了辞职报告。

后来很多人听说了这个消息，都来问，你怎么那么勇敢，舍得放弃已经非常稳定的事业，就这么义无反顾地离开？我的回答是，在这件事情上，我没有用到勇气，只用到了直觉。

这直觉就是，不希望任何事情成为出国读书的阻碍，更不喜欢一切跟金钱有关的强求。即使出国期间需要借钱负债，但我愿意以此为代价，去过想过的生活。与此相比，其他的都不重要。

准备雅思考试期间，已经有两所学校陆续发来 offer，分别是 Westminster（威斯敏斯特大学）和 Kingston（金斯顿大学），大概是工作经验加上推荐信起了作用。雅思成绩出来后，其他学校的 offer 也都陆续发来，UCL 成功搞定！那年发布的 *TIMES* 世界大学排名，UCL 超越牛津排到第四，前三分别是麻省理工、剑桥、哈佛。看到觉得好光荣，不仅将来能成为诺兰大导演的同门师妹，而且学校附近就是大英博物馆和大英图书馆，走几步就到西区剧院，想到被书海包围的感觉，看不完的各种展览演出，尤其是那些全球同步上映的电影，就马上神清气爽起来。

当初决定出国，也曾为了去英国还是美国犹豫，问陈导意见，他一句话让我豁然开朗："英国美国对你差别不大，因为什么学校都不可能厉害过你现在所处的学习环境，但离开一阵是好的。要多念书，多思考。"

我太了解自己的性格，无法贪图安逸，不喜欢失去挑战，否则有了稳定的生活，何必再去折腾这些，但眼看自己在这个过程中，内心越来越蠢蠢欲动，人也变得越来越快乐，便知这是正确选择。UCL 校训是 "Let all come who by merit deserve the most reward（让所有因品质而应得奖赏的人都来吧）"，这句话要送给我自己。你总有责任让自己变得更好，去迎接生活将要给你的奖赏。

许茹芸的歌里唱 "幸福的人不远行"，但我宁愿永远走在追寻幸福的路上。

附：成龙推荐信全文

March 5，2013

To whom it may concern:

With great pleasure, I am writing this recommendation letter in support of my sincere cooperative partner, Mo Zhu, for admission to your distinguished university. Ms. Zhu is a professional film practitioner, a fast learner and a dear friend.

I first met Ms. Zhu in the publicity event of the movie "ROB-B-HOOD" and later on she was responsible for the promotion of "The Forbidden Kingdom". I got truly familiar with Ms. Zhu's professional ability through the promotion process of the movie "CZ12" I directed in 2012, when she held the position of publicity director in Huayi Brothers. I was quite impressed and satisfied with the marketing strategy Ms. Zhu used. In order to reshape my international influence and mobilize audience's enthusiasm, she arranged my team to attend major film festivals including Cannes, Shanghai and Toronto, and extend the marketing effect both domestically and internationally. For purpose of grasping young audience's attention, she edited several casual videos in my personal museum to reveal another side of me, young in mentality and fashionable. Besides, she created the idea of photo session of all main actors during Christmas and New Year and was able to seize audience from all ages.

My last action flick "CZ12" turned to be a huge success both in China and abroad. I appreciate the efforts Ms. Zhu and her team made. During our talks, I found Ms. Zhu is extremely skilled at different kinds of marketing approaches implemented at different stage of the promotion, and she can quickly understand the client's needs and react rapidly. When she told me about her intension to study further in her beloved field of film, I feel happy to recommend this kind and passionate young people without hesitation. If you need more information about her, please contact me freely.

Sincerely yours,

Jackie Chan

2013 年 3 月 5 日

敬启者：

我很荣幸有机会写这封信，向贵校推荐我诚挚的合作伙伴——朱墨。她是一位职业电影人，一个有着很强学习能力的人，也是我的一位挚友。

第一次碰到朱墨，是在 2006 年我主演的电影《宝贝计划》的宣传活动中。两年之后，她开始负责我主演的另一部电影《功夫之王》的营销。不过我真正开始了解朱墨的职业能力并对她留下深刻印象，是在她负责《十二生肖》营销的时候。《十二生肖》是我 2012 年执导的一部电影，当时，她已经是华谊兄弟的宣传总监了。她的营销策略给我留下了十分深刻的印象，我对她采取的营销方式非常满意。例如，为了调动全世界观众的热情，我们在各大国际电影节都做了推广活动，包括戛纳、上海和多伦多电影节，这扩大了影片在国内外的影响力；为了抓住年轻观众的注意力，她安排工作人员去到香港，在我庞大的影像资料室中找出了很多"秘密"视频，从全新的角度进行了整理和剪辑，让所有观众看到了他们从未见过的我的另一面——心态年轻、活泼可爱的另一面。除此之外，她还有一些很有巧思的小设计，比如安排电影的所有主演拍摄圣诞、新年主题的沙龙照，在节日的时候发布给媒体，起到了很好的传播效果。

我最后一部"大动作"的功夫电影《十二生肖》能在国内外取得巨大成功，朱墨和她的团队功不可没。随着与她的接触越来越多，我发现她不仅对各个阶段的营销策略驾轻就熟，同时还能非常迅速地理解客户需求，并且当机立断，行动力极强。当得知她想要在她深爱的电影领域继续深造时，我毫不犹豫地答应写信向贵校推荐这位善良而有激情的年轻人。如果你还想对她有更多的了解，请随时联系我。

您诚挚的，

成龙

三十而"栗"

　　《阿甘正传》里说："生活就像一盒巧克力，你永远不知道下一颗是什么味道。"三十岁之前，如果有人问我是否考虑中断工作出国留学，我会觉得那人有毛病，但生活就是这么不可思议，2013年，我居然要去英国念书了。

　　说来惭愧，自从八岁时妹妹出生，直到二十八岁时跟当时的男友分手，我从来没一个人住过。在家跟妹妹一间房，上大学、研究生有室友，离开学校跟男友一起租房子，久而久之，习惯了身边有人围绕，胆子也越来越小。直到失恋了需要找房子时，才发现自己从来没有独立生活过。

　　刚刚一个人住的时候，晚上害怕，睡不着，只好把客厅卧室的灯都开着，直到看着窗外慢慢亮起来，才拉开窗帘让天光照进来，睡三四个小时，再爬起来上班。这样的日子过了一个月，人不像人鬼不像鬼。情急之下，抓了部门里两个同事，软磨硬泡让人家跟我一起租房子，使出各种条件诱惑，比如房租我多出，下班可以搭我的车一起回家，平常还可以经常蹭我的饭，等等。

不久，我们在望京租到一套一百三十多平方米的三居，房租我掏一半，她们分摊另一半，三个人开始了愉快的同居生活，总算是熬过了艰难的日子，我也心安理得地继续被人围绕。有时叫同事朋友来家里玩，大家一起吃吃喝喝开 party，不亦乐乎。

只可惜好景不长。一年之后，房东通知要卖房，小区里同样的户型房租又涨得离谱，找其他房子的过程也很不顺利。眼看着三人组合必须要拆伙了，我终于下定决心买房。

买房的过程可以载入个人史册。看房那天，对那套小公寓一见钟情，十分钟之内就谈妥了价格，马上落笔签约，没跟任何人商量。办各种手续的过程中，还去多伦多电影节出了个差。过户的第二天就搬了家，再用一天搞定全部家具家电，第三天把烂摊子和各种未尽事宜丢给同事，自己跑去泰国休了一周假。回国的时候，家里的墙已经粉刷完毕，开窗通了几天的风，所有家具、床罩、地毯、桌布、烛台、香薰都已到位，房间打扫得一尘不染。

不知是属于自己的小家带来了安全感，还是人在压力之下会爆发出潜力，住进新家之后，每天晚上在客厅开着一盏落地灯，竟慢慢地不怕一个人睡了。这个最大的问题解决之后，独处的时刻开始变得美妙起来。每天睡到自然醒，煮上一杯咖啡，让香气在客厅里蔓延，再翻上几页书，那感觉，大概就是村上春树所讲的"小确幸"吧。

回顾这段经历，是想给伦敦的生活做个注脚。一个将近三十岁才艰难独立的大龄女青年，去往举目无亲的异国他乡之后，会是一番怎样的景象呢？

2013年9月22日，启程伦敦。一张单程机票。

长达十多个小时的航程，一上飞机就被空调猛吹，流了好几个小时的鼻涕。下飞机的时候，鼻子已经被纸巾蹭得通红，就这么感冒着降落在了大不列颠的土地上。

出关之后，有朋友来接。她租了一辆黑色奔驰，颇为隆重。出了机场，第一次近距离观察这座即将生活一年的城市。第一印象是伦敦原来也堵车。通往市中心的路不宽，最多就是三条车道，到了市内就变成两条，一路倒是没见到有车乱并线，这跟国内很不同。

UCL的学生宿舍分散在伦敦的不同地方，大多数都不在主校区里面。当初在网上申请时，我首选的那一栋在海德公园附近，可惜没被分到。被分到的宿舍名为James Lighthill House，离学校很近。抵达时发现是个单独院落，里面有两栋楼。宿舍门外有一条蜿蜒下坡的路，两侧都是高大的绿树。

宿舍楼门口有个黑人保安，在他那里取到了房门钥匙。这位大叔很可爱，一见面先问我是哪里人，听说是中国人之后，他故意做出一副很害怕的表情，说："听说你们那里会吃 puppy dog，是真的吗？"我哈哈大笑，跟他说不是所有中国人都乱吃小狗的。在找到写着我名字的资料袋之后，黑人大叔喊道："Yeah！租摩！"然后耐心地解释怎么用门卡和钥匙……这样的热情让人颇感温暖。

温暖了没一分钟，推开宿舍房门的一刹那，颓了。

也太小了吧！目测不到十平方米。洗手间很小，洗澡间很小，洗手池很小，床和写字台中间的空隙，只够放上一把椅子。如果下床，要先把椅子推到桌子底下。洗澡间刚够我这样身材的人转身，不知道那些彪形大汉要怎么办？想起自己在北京那个温暖明亮的小家，瞬间觉得心好累，鼻涕流得更欢了。

强打精神，先跟朋友一起把床单被罩铺好，把各种行李物品拿出来，箱子塞到床底下，小粘钩粘上洗手间的墙，挂上毛巾浴巾……房间终于像样了一点。想洗个澡镇定情绪，结果头发吹到一半吹风机就断电了，貌似是国内的机器与英国的插头不合。湿着头发往床上一躺，我勒个去，整个身体陷到了里面，这床垫是有多软！我的腰肌劳损啊！把棉被裹得紧紧的，房间里的电暖器完全没热度，这才9月，已经冻得全身内外一起抖，冬天的日子可怎么过……

伦敦第一夜，就在多重打击之中沉沉睡去。

　　然而，第一夜仅仅是个开始。进驻宿舍的前八天，我房间的无线网络一直连不上。这对一个现代人来说是多大的困扰，就不用形容了。在打了数个电话发了数封邮件买了数种器材经历了数次假的"绝处逢生"之后，那个伞状小标志依然固执地打着叉。

　　终于，第八天夜里，我在宿舍大哭一场，在心里痛骂自己为啥放着国内的好日子不过，跑来这个鬼地方受罪。据室友们说，那天我的哭声音量之高，引得她们全都挤来门口听，以为我被男朋友甩了。

　　第九天晚上，翻到人人网的一个帖子，里面讲了一种方法，是把一台电脑设置成另外一台的路由器。没抱太大希望，但还是从箱子里把备用的旧电脑拿出来试了一下，竟然成功了。

　　那一刻的成就感，该怎么形容呢？反正在小房间里上蹿下跳了好久，还写了一张大字报把这个消息贴到了厨房里，与室友们分享喜悦。在国内的时候被同事们宠着，懒到淘宝都不自己淘，总是把链接甩给别人，连自己刚买的房子也很不要脸地丢给同事去收拾，此刻居然凭借自己的力量解决了网络问题，也太牛了吧！

　　Wi-Fi事件之后没多久，我又遭遇了一次严峻考验。这个过程被记录在了一封写给陈导的极为絮叨的邮件里——

　　　　今天是来这里的一个月零两天。

　　　　上周一晚上，一个室友煲了汤请大家喝，里面有好几种蘑菇，还有些虫草和人参，一直以来，我对"热汤"总有种过分的好感与信任，觉得这东西总是没坏处的，自己又懒不会做，所以有机会喝一定不错过。

这下好了，不知道是这汤里面的某种东西，还是之前两天大家在宿舍涮火锅，吃多了些牛羊肉海鲜丸，又或是所有这些东西的相互作用，总之，我食物中毒了。

周二早上醒来就有异样的感觉，全身发热，鼻子略有一点出血，胃里不舒服，加上那几天降温，宿舍的电暖器是一小时会自动断电的那种，到了半夜两点会彻底停掉，我房间是整个公寓里面的阴面角落，房间比其他人的小很多，倒是浴室比别人的都大，其他人都是一扇窗户，但我有"华丽"的两扇大窗户，天气好时看着外面的阳光树影当然美好，但等天凉了风嗖嗖地往里灌时，就知道什么叫涕泪横流了。总之那天早上，就觉得不对劲。可是前一晚在网上订了一个电暖器，此时要去店里取，只好撑着起床，冒雨出了门。

坐公车下早了站，迷路又迷了一阵，一边走一边用 Google Map（走错＋迷路＋地图，已经成为一种固定模式），终于找到已经来过一次的百货商店，拎着电暖器回来，又要藏着不被管理员发现。之前在路上就一阵阵出汗，回来觉得好了一点，不知好歹地去厨房煮了咖啡喝。收拾停当出门去学校，第一节课是放映，看 *Lift To The Scaffold*，大概看到十几分钟的时候终于发作。

先是胃一阵阵地绞痛，接着就是耳鸣，电影的声音越来越远，一瞬间满头都是汗，感觉快要失去意识，强撑着趴在课桌上，过了几分钟，意识回来了一些，起来去旁边的厕所，想吐但吐不出来，干呕了一阵，觉得不能再扛了，回教室收拾东西往家走。即使这样也还是撑着没打车，坐了公交车，为了省钱。

当天晚上，舍友帮忙煮了粥，分析了半天原因。到了周三，胃痛完全消失，转移到了阑尾，几年没犯的慢性阑尾炎神奇地回来了。就因为好久没犯，来英国之前没带常用药，室友帮我出去买，人家说这是抗生素的一种，没有处方不能买，我想那就等好一点再去学校诊所开处方，先吃点别的消炎药代替。周三周四连续卧床休息，大家轮流帮我煮粥。周五去了学校诊所，错过了 walk-in 的看病时间，只能约到下周一。

于是这周一，成了我来伦敦之后最愤怒的一天。

简单来说，就是学校诊所那个香港女医生拒绝给我开处方，跟她纠缠的过程省略几百字，总之那副"不管你在中国如何，这里是英国"的嘴脸激怒了我。最后她使出撒手锏"我要看下一个病人了"，气得我朝她大喊几句之后摔门而出。

国外不能乱开抗生素我知道，北京现在也开始限制了，可我要的甲硝唑也不算什么严重的抗生素啊，在北京可以随便买到，在这儿她就不给开，只同意给开止疼片，问题是你怎么知道吃止疼片对我的身体有没有伤害呢？还说"如果你觉得疼得严重了就再回来找我，更恶化了我们就送你去做手术"。简直是胡扯！

之前听说了很多在英国看病的神奇经历，比如被劫匪打得眼睛一直流血，也要排队两个小时才给你看，又比如病了好不容易预约上一次，医生只给你十分钟，到了时间你只能约下一次，所以这里的人得了一些平常的病都自己扛着，因为等你约到了医生，病也早就好了。私立诊所没有保险是看不起的，挂个号就两百英镑，所谓西方的"全民医疗免费"，不过是个漂亮的气泡。

站在诊所门口，挨个跟几个微信群里面的朋友大骂那医生一顿，我气鼓鼓地回了家。路上一直在用意念跟自己的阑尾说，你要争气点，要越来越好，咱就不要疼了呗。

果然，阑尾很争气，我也配合着过了几天轻拿轻放的日子，现在已经完全恢复……

在收到这封非常玻璃心的邮件之后，陈导的回信是这样的——

到你这年纪还能有病中偷渡电暖炉回宿舍的体验，真是幸福啊。

你的纪实总带着淡淡的"事过境迁"的味道，优点是读着不会过度紧张，知道当事人起码还活着写报告，艰难一关关已过。

信的第一句话就给了我莫名的鼓励。是啊，走了这么远的路来到这里，如果还是过跟以前一样的日子，那有什么意思呢？何不迎接生活带给你的一切，看看它会带你走向哪里？就在三十岁这一年，学习真正的独立，不正是远行的意义吗？

春风得意马蹄疾，
一夜看尽伦敦花

经过初来乍到的不顺，伦敦这座城市以出乎意料的速度拥抱了我这个异乡人。

我们的宿舍是一个公寓，共有六个单人房间和一个厨房。这里住了六个女生，分别来自中国和马来西亚。除了我，大家都是"90后"，有些人本科是在国内读的，有些是在美国、英国读的。大家各自开过不同的眼界，平时就总有很多东西可以聊。我年龄比她们大七八岁，却是几人里面生活能力最弱的一个，厨房里面连件属于自己的炊具都没有。

迅速熟络起来以后，几个小女生经常在厨房忙来忙去，一会儿就端出香喷喷的饭菜，我就很不要脸地跟着蹭饭吃。蹭过一两次之后，干脆定期买食材请客，我出钱，大家出力，这样还比较过意得去。周五的夜晚，一群人去中国城大采购一番，回来在厨房的长桌上摆开阵仗，就是一席如假包换的涮火锅。

"食物中毒"事件发生时，我满身虚汗地回到家，直接倒在了床上。室友们见状，一个出门去买药，其余人煮了一锅加了红薯、胡萝卜、花生米的热腾腾的粥，端来房间给病号吃。之后演变成了阑尾炎，大家除了轮班变着花样煮粥，还负责监督我忌口。看到我偷吃会上火的东西，马上就会有人制止："这个你不许吃！"

这场病痛接近尾声的时候，我帮大家买了一些蔬菜水果零食，几个小女孩聚在厨房各显神通，不出一个小时菜就摆上了桌，红烧排骨、榨菜肉丝、香烤鸡排、番茄炒蛋、蒜蓉青菜、紫菜蛋汤，锅上还炖着饭后喝的红枣银耳羹。大家齐齐在饭桌前坐定，不知是谁幽幽地说了一句："这比我在国内吃得还好……"

这样的日子让你根本来不及伤春悲秋，反而会默默感叹，人生能处处遇到性情相投的伙伴，这是多么大的幸运啊。

身体好了，就摩拳擦掌想到处去玩了。伦敦的第一站，必须是诺丁山。

几年前，一个媒体记者访问我的老板王中磊，问他最喜欢的电影是什么。我记得他回答说，《诺丁山》。记者很惊讶地张大嘴巴，又问，为什么？老板说，这是一部多好看的爱情片啊。

我能理解记者当时惊讶的原因，她大概预期的是一个更"深奥"的答案。在周围的世界里，能够把真实想法直接说出来的人本来就少，电影这个浮华行业就更是如此，大家都希望用很多东西装饰自己，好让自己显得与众不同，每个人心里对艺术和俗气都有一杆秤，大家对后者唯恐避之不及。

莫说是电影的从业者，即使是刚入校门的孩子，也喜欢动辄谈论戈达尔、特吕弗、波兰斯基……在参加北师大研究生复试的时候，老师问我一个问题，你这几年最喜欢的电影是什么？我说，《泰坦尼克号》。后来听说很多学生对于此类问题的回答，都是《放大》《乱》《红》《白》《蓝》等。这些伟大导演的作品当然经典，我们当然可以喜欢，但这并不意味着要羞于承认我们也喜欢那些简单美好的商业片啊。

当时听到老板的回答，我在心里默默地点了赞，因为自己也超爱这部片。经典的故事结构，黄金时代的两位演员，夸张一点说，这是属于一个时代的爱情回忆。每个人都在期待有一天，像电影里那样，有个人会对自己说："Stay forever（永远留下来吧）。"

电影一开头，休·格兰特走在 **Portobello Market** 的街道上，镜头在旁追随着他的脚步，主角的一连串旁白交代了基本的故事背景。很快女主角出现，两人就在这个热闹集市上的小书店见面了。之后的故事大家都耳熟能详，不需我再赘述，但当你真的走在那条长长的街道上时，还是会觉得有种时空穿梭的感动。

不时会遇到街头艺人表演，或正用没见过的乐器演奏，或一把吉他配一把大提琴演唱。两旁有很多不同风格的小店，中间是各种各样的摊位，卖古董首饰、旧书、衣服、海报、各式小玩意儿。走在摩肩接踵的人群间，却没有一点烦躁感。再继续走，就是美食云集的区域，各种德式大香肠的丰富三明治，蘸着巧克力酱吃的西班牙油条，甜甜圈和小蛋糕让你下巴发软，更别提用中气十足的吆喝赚尽眼球的海鲜饭卖家……

街角有家粉色蓝色搭配的甜品店，那里的华夫饼和热巧克力都很棒。稍微歇歇脚，出门再往前走几步，是传说中的 Pound land，里面全部的商品价格都是一英镑，牙膏香皂护肤霜之类的日用品，笔记本便利贴之类的办公用品，各式饼干饮料水果，各式厨卫清洁用品，乃至万圣节的各色装饰……应有尽有。对刚到伦敦，被很多东西的高物价吓到的人来说，进了这家店的感觉，简直就像查理进入了威利·旺卡的巧克力工厂。打着追寻电影足迹的旗号，跑来著名的集市上囤积日用品，这件事怎么也说不上文艺，但这不正是生活的乐趣吗？

从诺丁山回来，再重温一遍那部电影，更是一种奇妙的体验。片子里的歌都很好听，其中有一段唱道："**I can think of younger days when living for my life，was everything a man could want to do. I could never see tomorrow，but I was never told about the sorrow**（我还能回忆起年轻时为自己而活的日子，可以做自己想做的任何事，我看不到明天，但我从来不会悲伤）……"是啊，年轻的时光总是美好，但即使不再年轻，也不要放弃追求美好生活的权利。

"诺丁山之旅"后，托两个朋友的福，又去了著名的 **Royal Albert Hall**，看 2013 年全英古典音乐颁奖典礼。

进入剧院大厅，马上就为其宏伟而震撼，七千个座位从顶到底渐次排开，接着就发现一个有趣的细节，所有 **VIP** 嘉宾区域都被设置在全场中央，也是整个剧院地势最低的地方，下面密密麻麻地摆起了餐桌，白色桌布铺得一丝不苟，无数个杯子看得你眼花缭乱，贵宾们正在边用餐边谈笑风生。

以过去的经验，不管是国内还是国际的大型电影活动，诸如首映、晚宴或颁奖典礼之类，虽然也会有类似的用餐设置，但一般都是在标准的宴会厅里面，必然不会被几千个人以居高临下的姿态围观。不过看大家倒都是一副怡然自得的样子，这是伦敦剧场文化带给我的第一个小意外，有意思。

伦敦室内交响乐团的演奏为典礼拉开序幕，全场坐满观众的气势足够让人再度震撼。女主持人漂亮又得体，不用稿子也把词说得很流利，标准的伦敦腔听来非常悦耳。必须得说，这里的观众真是很给面子，不管是哪一位得奖，哪一位表演，都会给予热情的掌声，还主动与乐团指挥配合鼓掌打拍子，身在其中，不被感染都不行。

整个活动分为上下两场，中场休息的时候，出去上洗手间，发现正在排长队，穿晚礼服的姑娘和穿 **T-shirt** 的姑娘混在一起，丝毫没有不和谐的感觉。几位乐迷认出了一位有名的女歌手，正在跟她表达崇拜之情，询问能否一起拍照……回到剧院里面，看挎着旧式售货筐的服务生正在兜售冰激凌，瞬间有种穿越进入老电影的感觉。

当晚真正的惊喜来自 Hans Zimmer。乍一说出这个名字，也许你并不知道他是谁。电影就是这样"现实"，观众记住的永远先是明星，再是大导演，除此之外，其他与电影有关的重要岗位诸如制片人、编剧、摄影、美术、剪辑、音乐、特效……那一个个伟大的专业人物，尽管在业内名字如雷贯耳，资深影迷会把他们的作品如数家珍，但很多观众并不知道他们是谁。

Hans Zimmer 是何方神圣？《狮子王》《珍珠港》《角斗士》《黑鹰坠落》《蝙蝠侠》《大侦探福尔摩斯》《达·芬奇密码》《功夫熊猫》《卑鄙的我》《盗梦空间》《超人》《加勒比海盗》……这些伟大商业片的作曲者是也。

当晚，他被授予音乐杰出贡献奖。作为送给他，也送给观众的礼物，伦敦室内交响乐团将以上作品的音乐节选连奏，当听到《加勒比海盗》雄浑的旋律响彻大厅，看到杰克船长熟悉的模样出现在大屏幕上时，感觉全身都有电流在乱窜。

演奏完毕，掌声雷动。Hans Zimmer 上台领奖，全场起立向他致敬。"我做了三十年的电影，有超过五十部作品，它们好像都浓缩在了刚才的几分钟。说到电影，或许每个人都有一堆难听的话和可怕的经验，这些都是真的。但是我要说，是电影给了交响乐最后一片净土，让它有机会继续感动我们所有人。"比起那些俗套的获奖感言，这段话说得既实在又动人。

典礼散场，跟朋友结伴而归。路上三三两两，都是刚看完演出准备回家的人。我注意到不远处有一对年迈的夫妻，老先生穿着整整齐齐的西装，老太太一身红艳艳的亮片长裙，两人缓缓地走着，轻声交谈着什么。

走在后面，我开始幻想他们的故事。也许他们曾经叱咤风云，是不同领域里的顶尖人物；也许他们一直默默无闻，是几个孩子的爸爸妈妈。这些到现在都已不再重要。在暮年的时候，不时找个机会，穿上久违的礼服和长裙，相互陪伴着去看一场美好演出，就是人生中的华彩乐章。

Hans Zimmer，这对老夫妻，从北京来的我，还有现场几千个各有不同故事的人，我们也许此生不会再有任何交集，但大家在短短的三个小时里，在同一片穹顶之下，一起体验着来自声音的魔力，这正是生活中最神奇的地方吧。

之后不久，我又去看了被全世界追捧的《歌剧魅影》。

过去在北京经常看话剧，但看音乐剧的机会很少。国内没有这样的土壤，偶尔有国外的著名剧目来公演，常常因为工作忙就错过了。在伦敦就不同了，**Leicester Square** 附近的剧院都全年无休，各种剧目一直上演，而且订票极为方便。心血来潮想看了，下午订票，晚上就能端一杯香槟沉入音乐剧的海洋。附近地铁站里面和广场上都有售票厅，很多当天正在上演的剧目会在开演前放出很便宜的票，最低的才十英镑左右。如果你刚好在附近吃饭购物，想要抽空去看个剧，看哪一部没所谓，可以直接到广场购票亭询问，很容易就能买到便宜票。

之前询问曾经在伦敦生活过的朋友，如果想看音乐剧，哪一部适合作为入门选择，他毫不犹豫地说，《歌剧魅影》。不管是场景布置和灯光音响效果，还是剧情跟音乐，都会带给你超级视听享受。

Her Majesty's Theatre 古典气息浓厚，墙上有一个石头的铭牌，写着"建于 1917 年"。先在门口的售票厅拿到了票，然后按照指示走到了三楼 Grand Circus 的位置，视野比较一般，上面还有更高的 Balcony 区域。最好的位置是二楼的 Royal Circus 和一楼的 Stalls，当时没舍得花那么多钱。

开场前，舞台上已经摆上了巨大的幕布和很多被幕布盖住的箱子，是最开头拍卖场景的道具。剧情是 1911 年的巴黎歌剧院，正在拍卖"魅影事件"遗留的物品。台上有个音乐盒吸引了大家的视线，里面传出动听的旋律。其中一件拍卖物是剧院复古华丽的大水晶吊灯，随着拍卖师慷慨激昂的解说词，现场忽然光电闪动，音乐骤然响起，舞台上方逐渐升起一个雕塑横梁，随着幕布揭开，巨大的古典吊灯缓缓升起，先是越过一层观众的头顶再逐渐升空，最后停在整个剧院的半空中，第一次看的观众都被震撼得目瞪口呆。

整场演出里面场景不断变换，演员不断挑战高音，那些经典的旋律更是直击心灵。舞台布置和声光效果堪称绝美，其中有一幕给我的印象最为深刻：女主角克里丝汀第一次被魅影带到地下湖，舞台呈现出他们坐在船上的场景，地面是干冰制造出来的烟雾，跟蓝色蜡烛的光亮交织在一起，如梦如幻。船在舞台上慢慢地流动，美丽动人的夜景，配合着他们唱起的歌声，令人陶醉。

演出中还多次把魔术融合在场景变换中，让你目不暇接。例如：你看到主角已经从地面的台阶走到了地下，但马上又从半空中出现在了天桥上；魅影的声音会在剧场各个角落回荡，感觉就在你的面前讲话，他的身影又从二楼忽然转换到三楼；整部剧的最后，男主角在椅子上消失，只留下那个面具……

演出结束已经是夜里十点多，踏着湿润的马路走去地铁站的路上，一直在哼着那首主题歌。一瞬间，国内的一切似乎都已经离我很远很远，而伦敦的日子也忽然变得有滋有味起来……

下课后，去巴黎看电影

当然，我来伦敦是来读书的。

课必须认真上，好好感受一下西方发达国家的教育。

抵达第一周，我因为 Wi-Fi 问题，一直没能把学校的邮箱系统搞定，因此错过了全班同学第一次会面，直到第一节课时才匆匆赶到。进入教室，迅速打量了一下这个三十人左右的班级，原以为自己一定是全班最老的，没想到看到一个六十多岁的阿姨，立刻肃然起敬。

法国教授 Roland，也是我们的"系主任"，为大家简单介绍了课程设置，并针对一些问题做了答疑。课后，我对如何网上选课依然一头雾水。转头向班里的中国同学求助，看到总共七八个同胞，都是二十出头的大学生模样，大家热情地为我讲解了选课流程。后来听同学青青说，其实那堂课之前，班里的中国同学都在猜测朱墨会是哪一个。

原来我那篇关于辞职留学的微博被很多人看到，尤其是 UCL 同专业的校友们，大家在开学前就有个 QQ 群，里面曾经讨论过这事。第一节课后我转头向大家求助时，他们心里都有点小激动。这个说法充分满足了我的虚荣心。

第一个学期，每周大概有四天的课程。除了所有同学都要上的 Core Course（主课）和 Reading Film（读解电影）之外，每个同学可以选择一门自己感兴趣的主题课程，我选的是 Cinema and the British City（电影与英国城市）。三门课都有看片需求，每周三四五天天有放映，大部分都是在学校附近的 Birkbeck Cinema 进行。

那里的设计非常有艺术感，各种鲜艳的粉蓝黄色块拼接成的地板和墙壁，还有不规则的巨大飘窗和窗外的茵茵绿树。一大早踏着潮湿的空气走到那里，去里面的小咖啡厅买杯拿铁，端着走进影厅，小心翼翼让它不要洒出来，在舒服的椅子上坐定，就准备融入那些被胶片记录下来的永恒里了。

刚开始的课程当然是从电影诞生讲起，那段时间看的都是几十年前甚至一百年前的老电影，很多是黑白默片，配着悦耳的钢琴音乐，是完全不同于商业大制作的另一种享受。意外的是，并不会觉得无聊，反而看得津津有味。

有一回，放映一部 1913 年的电影 *Traffic in Souls*，讲的是那个时代有一个犯罪势力专门拐骗良家女孩去做妓女，被机智的女主人公发现端倪，最终正义战胜邪恶的故事。中间有一场戏出现一封信，拍出来像是投影机的效果，大家正在读信的时候，忽然一只苍蝇的身影出现在银幕上，过了几秒居然又再度出现，同学们不禁会心而笑。一百年前的苍蝇啊，你也随着这部电影变成永恒了。

Core Course 由两个年轻老师一起教。一个是剑桥毕业的博士，刚到 UCL 入职的讲师，男生 Chris；一个是 UCL 的在读博士，助教，女孩 Carolina。我花了很长时间才适应他们的英式口音。

我们都是被美国电影和美剧长期熏陶的观众，对于美式口音更习惯，英腔有自己的一套发音和用语习惯，开始阶段的课程，我只能听懂大概三四成，老师一旦语速加快，就完全跟不上了。好在天生脸皮厚不怯场，课上老师提出问题请大家发言时，我常会举手说："不好意思老师，我没听懂您刚才的问题，可以慢一点再重复一遍吗？"这时候老师都会马上表示歉意，然后用比较慢的语速再说一遍，听懂后我就可以用有点磕巴的英语发表观点了。在我这种参与讨论的顽强精神带动下，班里原本沉默的中国同学们也开始越来越多地发言。

每周三下午，是 Reading Film 课程，这是全班唯一一起上的课，大家在课后会去学校附近的小酒吧聚一下，后来形成了 Course Drinking（课后喝一杯）的惯例。一人拿一杯酒，聊聊电影，扯扯艺术，议论议论班里的老师，有时几个同学会再去 Prince Charles

Cinema 看个晚场电影。

这家影院是伦敦电影青年们最喜欢的地方，全年都在回放一些经典电影，不一定是很老的片子，也有很多近年的片，都是已经在主流影院下线了的，你可以在那里再看到。比如 *The World's End*、*WALL · E*、*Frances Ha*、*Metro Manila*、*Old Boy*、*Die Hard* 等。

因为只有两三个放映厅，每天每部电影都只排一两场，这样一来反而简单明了，提前在网上查询，哪天有想看的电影，照那个时间提前过来买票就好了。这里还会不定期举办一些有趣的活动，比如某个著名导演的"电影马拉松"，那年 11 月奉上的就是昆汀·塔伦蒂诺的作品，从傍晚开始，六部片连放，绝对满足昆汀迷对暴力美学的爱。

这里还有一个非常有名的活动就是"Sing Along（跟着唱）"，影迷们会打扮成电影中的人物，准备各式道具，跟着电影里面的音乐一起唱歌跳舞。比如 *The Sound of Music*、*Grease* 这样的片子，在他们"Sing Along"的活动中，大家可以跟片中人物一起，扯开嗓子跟着电影从头唱到尾。

活动的升级版是"Sing Along A Rocky Horror Pictures Show"，也就是《洛基恐怖秀》狂欢场"，影迷们不仅可以在装扮上面下功夫，还可以一边看一边对电影评头论足大声叫嚣，乃至朝着银幕扔爆米花……此时的电影院已经不仅是看电影的场所，而是成了所有影迷一起释放一起分享的狂欢现场。其实 20 世纪初的电影院里，观众一直就是这样做的。

除此之外，当然也要看全球同步的好莱坞大片。英国有一家连锁影院叫 Cineworld，会员卡每个月只需十九英镑左右，2D 电影不限场次随便看，简直是我这种观众的超级福利。周末睡到自然醒，走路去宿舍附近的汉堡店，吃上一份内容丰富的美味大汉堡，再搭地铁去看最新上映的美国大片，有时我会直接换两部电影的票，一场结束之后直接进下一个影厅，看个尽兴。去影院的路上坐地铁，每个地铁站里都有非常专业的街头艺人表演，他们的水准不逊于任何一个专业歌手乐手，我总在衣兜里面备上一些零钱给他们……

那年春节刚过，我拿到了半年内多次往返的申根签证，开始满心欢喜地计划接下来的旅行。这也是在伦敦上学的一大好处，去哪里都很方便。

首先要去的是巴黎。我们从小就知道巴黎是浪漫之都，这个城市被赋予了太多意义，终于有机会来了欧洲，必须把它当作第一站。

搭乘"欧洲之星"火车，两个多小时就到。巴黎跟伦敦有一个小时的时差，那天出发前，伦敦正在连续地刮大风下大雨，所以抵达巴黎的时候，首先就被那里暖暖的阳光打动。城市虽然旧旧的，但有自己的腔调。这趟旅行跟同学帅帅一起，来之前，我们做了细致的资料收集，作为学电影的研究生，当然要来看几场电影。

　　法国是欧洲拥有艺术院线数量最多、放映最为活跃的国家。作为国际艺术院线联合会的二十八个成员国之一，法国艺术院线联合协会拥有了其中近七成的放映厅，这些影厅分布在整个法国，其中巴黎市中心就有三十八家被认证的艺术院线，几个著名的艺术实验电影院集中在拉丁区，就在 Rue Champollion。

　　首先是位于路口的 Champo，往里走几步是 Reflet Médicis，它对面有颇具电影气氛的 Café Reflet，再往里是 Quartier Latin。

　　这条两三百米长的小巷子，游人并不多，倒是会不断有三三两两的当地人，来这里找电影看，估计当中很多都是资深影迷。这里放映的电影也与普通商业院线的电影不同，一般都是经典艺术片，或者是近期比较新的艺术电影，此外也会不定期举办电影主题活动或讲座。

　　在几家影院的橱窗里认真比对，因为大多是法语，看的时候需要连蒙带猜，最后决定去 Reflet Médicis，这家正在上映《蓝丝绒》，是影院里唯一一部英文片。其实法国人对于自己的电影文化非常保护，不像很多其他国家，影院常年被各种好莱坞大片侵占，在这里，本土电影都有各自的空间，相对来说，找英文原音电影或有英文字幕的电影却比较难，大多数英文原音的影片都会被配音。

　　进入影厅，里面空间不大，座位也都紧挨在一起，不过有意思的是，这里放正片之前，都会放映两三部短片，有英文的，也有法文的，蛮好看。《蓝丝绒》拍摄于 1986 年，是大卫·林奇的代表作。在巴黎和煦温暖的下午，看这样一部充满血腥暴力色情的惊悚片，给这次旅行增添了几分意外的"收获"。

我个人并不喜欢这种 Cult 片，看完之后心理上和生理上都难受，但是电影本来就是多样的艺术混合体，谁规定了它必须让你感到愉悦和欣喜？某些时候，这种难以忍受的不适，正是它带给你的体验本身。以前偶尔看过这种类型的电影之后，我总是要赶快走到明亮的灯光底下，或者去人多的地方，让真实的生活细节，再把自己拉回现实中。

这次看完《蓝丝绒》，赶紧跟帅帅一起到对面咖啡馆，吃了一个甜甜的舒芙蕾，再坐几站地铁到了巴黎市政府大楼，前面是个巨大的溜冰场，里面都是飞舞流动的快乐人群。溜冰场对面是个亮着一串串白色灯泡的小店，卖华夫饼、西班牙油条和法国风味可丽饼，等我们把刚出炉的热腾腾的华夫饼和一包西班牙油条拿在手里，在旁边找个台阶坐下来，蘸着巧克力酱大吃的时候，电影带来的不适已经远远抛在脑后了。

吃完站在溜冰场的外沿，看看里面各式各样的人，有一看就是刚交往的情侣，有刚学会溜冰还不太熟练的小朋友，还有已经滑得非常娴熟，时不时在女孩面前炫技的男生……都是美好生活。

据说，每年 3 月春暖花开的时候，法国的电影院会有三天把所有电影票价降到 3.5 欧元，这个活动还有一个浪漫的名字，叫"电影的春天"。我想，这也是巴黎人表达浪漫，同时又向电影致敬的一种方式吧。

在伦敦读书，在巴黎看电影，这丰盛的感觉，就像多年来生活拮据的人，一下子成了暴发户，每天贪婪地享受着在他乡的生活，享受这种极度的自由和放松。

手机通讯录里不超过二十人，不担心错过任何电话和短信，除非早上有课，睡觉从来不定闹钟，每天睡到自然醒，生活随自己高兴去安排，没有一定要做的事情，也没有一定不能做的事情，就连早上睡醒之后，听着窗外的雨声在敲打玻璃，都弥漫着满满的幸福感。

在伦敦租房

下半个学期，我决定搬出学校宿舍，找老外室友合住。

住学校的宿舍有很多好处，市中心、交通方便、环境安全、跟室友关系亲密，但最大的问题在于，不利于提高英文。在伦敦最后几个月，除了旅行和吃喝玩乐，英文就是最重要的事了。

之前听同学说过找房经历，伦敦租房完全是卖方市场，每次都得像找工作那样去面试，跟各种竞争对手抢房间。她告诉我有个 App 叫 Spare Room，输入想看的地区，就会出来房子的信息，有照片、价钱、房东或室友的介绍，以及他们想找什么样的室友，对性别、工作与否、年纪的要求，有时也会有些特殊条件，比如不能抽烟，不能带朋友回家开 party，不能养宠物，等等。

许多广告光是看起来就很好玩：比如有人会把"两个室友，一个前英国军官，一个前英国警察"作为卖点，底下留言询问的人特别多；再比如有人把停在泰晤士河畔的船屋拿来租，很有意思。

第一轮筛选慎之又慎，觉得非常满意的才留言给对方，精挑细选发了十来个，第二天只收到一个人回复。果然人家根本不理你。在北京一旦发出想租房的信息，恨不得一帮中介冲上来骚扰，这边正相反。于是第二轮筛选就非常随意了，只要是看着照片好看，价格在可接受范围内的，通通都发，这下消息才多了起来。

接下来的一个星期是看房之旅。

第一个回复我的人叫 Alex。由于第一轮很多信息都石沉大海，这个人的积极回复让我非常感动，跟他约定第二天傍晚五点半去看房子。地点在 Hackney，伦敦东部，地处二区和三区交界（市中心在一区），略偏远，鱼龙混杂。价格七百英镑每月（我住的学校宿舍是七百六十英镑）。

这栋房子是那种矮矮的旧板楼，出入的人看起来都比较屌丝。Alex 穿一身蓝色西装，很像北京的房产中介。公寓在三楼，里面刚装修过，有油漆味，只这一点已经可以把它否决；四个卧室，只有一个浴室，意味着将来要跟三个人共享，不靠谱；每个房间都是刚放进来的新家具，空荡荡的，毫无家的感觉；除了这个 Alex，还有一个法国男孩会租，剩下的两间依然开门迎客，不确定因素太多。

否决。

第二套房子在诺丁山，这个地点就让我好感大增。赶紧把人家的广告调出来仔细读，读完发现了两个问题。首先，房主好像是一对老夫妻，广告中有个年龄栏，选的是六十五到七十五岁，我……要跟一对老人生活吗？其次，这个家里养了两只猫，可我不喜欢小动物，没法跟它们住在一起……

琢磨一阵，给这个叫 Paul 的老先生回了个信："亲爱的 Paul，对不起，没有仔细看您的广告内容，因为我对猫毛过敏，所以不能跟你们分享你们美好的房子了。再次抱歉。"

本以为人家一定会默默骂我不靠谱，没想到很快收到回信："OK. Sorry about that. Though they mainly stay upstairs, they're still about. And they tell me they're not going to move out. Good luck with your research. Best wishes, Paul."（那真是非常遗憾，虽然它们一般都在楼上待着，但毕竟它们一直都在。而且它们告诉我，它们是不打算搬出去的。希望你继续找房顺利。Paul。）

谢谢你，亲爱的 Paul。

第三个回复我的人叫 Tan，我默默觉得这人应该是个姓谭的中国女孩。"她"提到自己还有一个室友，我想说不定是个外国人，可以练英文。房子在 Pimlico，伦敦市中心，周围环境很高端。房租七百英镑每月，在这样的地段算是很便宜了。

坐公交车去 Pimlico 的路上，路过了伦敦的多个地标，大本钟、威斯敏斯特教堂、伦敦眼……下车后没走多远，就看到大大的 **Peabody Avenue** 字样，是这个住宅区的名字。房子很像北京那些高级小区，楼层不高，有公共活动空间，门禁也严。

一楼的门铃坏掉了，**Tan** 下楼来开门，竟是个留了络腮胡的男生。进门一看，心潮顿时澎湃了起来，好漂亮！房间布置得温馨精致，宽敞的客厅，干净的开放式厨房，大大的工作桌，两个洗手间，要出租的那间卧室装备齐全，衣柜、桌椅、穿衣镜、置物架都有。重点是，整个房子都非常干净。

广告上写的是这房子里有一男一女合住，他们要找第三个室友，于是我就问 **Tan**，另外那个室友现在不在家？他有一点不好意思地说，其实这个房子是我和妈妈在住，她现在去度假了，7月回来。

呃……我脑袋里忽然闪现出《生活大爆炸》里的 **Howard**。这么大了还跟妈妈住在一起，也太奇怪了吧！

我表面上不动声色，继续跟他闲聊。听他说在 **KCL**（**King's College London**，伦敦大学国王学院）读经济学博士，我立刻笑了，说："我是 **UCL** 的。"英国学生们都知道，**KCL** 跟 **UCL** 历史上积怨已久，互相不待见。他一听也笑了："**We are enemy.**（我们是敌人。）"

Tan 是土耳其人，四年前搬来伦敦，妈妈是来陪读的。他坦白告诉我，他怀孕的妹妹7月也会来伦敦，就住在这里，预产期是9月，要生完小孩再回土耳其。我又吃一惊，这岂不是意味着有两个月的时间，我将要跟一个男生、一个妈妈、一个孕妇同住？尽管他家冰箱上妈妈和妹妹的照片看起来都慈眉善目。

道别时，Tan 说："现在我手里已经有了三个确定的 offer，最后决定要等我妈妈来做。我非常喜欢跟你聊天，也很希望能把房子租给你，不过因为你是短租，其他几个都是长租，这方面可能会是劣势。你可以继续看其他的房子，我也会跟妈妈商量一下，希望最后能把房子租给你。"

出门之后，旁边就是泰晤士河，很美。完美的房子，复杂的环境，回去征求室友意见，大家一致表示——不要去。

第二天，小哥发来短信："不管将来能不能一起合住，我很喜欢跟你聊天，希望以后有机会一起出来喝杯东西。"

接下来，由于看广告不仔细，我又闹了另一个乌龙。

有一栋房子的招租说明标了大大的 Vegetarian Only（仅限素食者），我完全没发现，等人家发来看房邀请的时候才注意到。房子信息显示是跟一男一女合住，房租便宜，一个月只要五百英镑。位置在二区的 Caledonian Road。对方约看房时间的时候，说："我在两点到四点要去做一份义工，你可以四点以后来。我不用手机，你可以打下面这个座机号码。"落款是 Gareth。

吃素，做义工，不用手机。有意思。要去见识一下。

到站后，周围全都是一镑店、小吃店，类似北京的"劳保用品专卖店"，还有不少地摊儿，很有伦敦城乡接合部的 feel。转进一条两边都是独栋房子的路，正在寻找门牌号，就路过几个聚在一起喝酒的文身大叔，几个人斜睨了我一眼。

开门的是一个七十岁左右的老头儿，他就是 Gareth。典型的英国维多利亚式房屋，进门是窄小的走廊，接着就是楼梯，总共三层，二层两个房间，一个洗手间，三层两个房间。一楼还有一个小厕所。厨房在后面，也是小小的，再往外就是后花园。老先生给我看了他的工作间，是他平时做灵修的地方。地板上随意放着几个地垫靠垫，里面传出幽幽的燃香味道。

整个房子最大的特点就是旧，但不觉得不干净。看完环境，老先生带我去他的后花园，指着一把椅子说，你可以坐这里，自己转头进屋拿了另一把椅子出来，坐在另一边，两人就这样面对着他的花园开始聊天。从我的留学生活聊到他这栋建于 19 世纪的房子，从中国的"文化大革命"聊到世界环境保护问题，从古老的东方帝国聊到西方的民主历史，最后，我们聊回了他的花园。

"你发现我的花园有什么特点吗？"

"你的花都是紫色的耶。"

"嗯，这是一个 Blue and Green Garden（蓝和绿的花园）。我不喜欢那些红色粉色的花。来，给你看我的小池塘。里面住着两只小青蛙，但是现在看不到。夏天还会有很多蜻蜓飞来飞去。"

"这里面所有的植物都是你亲手种的吗？"

"对啊。"

"花了多久？"

"我想有二十五年了吧。你看，只有墙外那棵苹果树是我搬来之前就有的。我觉得人应该多多去创造东西，而不只是花钱买东西，去使用东西。"

"我应该把你这句话记下来，写在日记里。"

我知道自己是不会住在这里的，毕竟不能假冒素食者，也难以想象跟一位灵修老先生分享未来的生活，可这一场午后的谈话还是很美好。

离开 Gareth 的家，直接坐车去往下一站，看另外一处月租六百英镑的房子，依然是二区，Holloway Road。

这边的环境明显好了很多。路旁的店铺变成文艺小清新风，还有一些看起来蛮高级的餐厅和咖啡厅。沿着坡路慢慢往上走的过程中，下午的微风吹着，空气里都是花香，耳边不时传来鸟叫。这里的独栋 House 大多都是白色外观，但大家把自家的门漆成了不同的颜色，桃红、深蓝、淡紫，很美。我要找的 229 号，是一个深绿色的门。

早到了半小时，给房主 Carol 发短信，问她是否介意我现在就去敲门。没有回音，我就站在鸟语花香里，靠在路边的树上看了会儿书。约定的时间到了，再给她打了电话过去。

房子比较新，装饰风格很符合女主人的品位，窗帘上是一些大红色的花朵，温暖而喜庆。卧室很小，阁楼式的斜屋顶，洗手间是跟她共用。客厅不大，但至少有个客厅，很多这样的房子没有公共区域。

Carol 是个中年女人，一张口说话，我就尴尬了。她讲的英语有极重的方言味，根本听不懂，只能凭关键词来猜意思。硬撑着聊了一会儿，只能大概听懂她儿子在格拉斯哥上大学，周末有时会回来，对我还算满意，就看我是否确定要租。

显然没办法……毕竟我不是要学习英国方言的。

因为看房才知道有个区叫 Canary Wharf，是伦敦的主要商业区，很多高楼大厦，颇有纽约曼哈顿的感觉。这边大部分的房子都能俯瞰泰晤士河。查了一下，也不是全都很贵，筛选了几家发了信息。

有个叫 Amit 的人回复得很快，临时约了去看。用 Google Map 查交通方式的时候我傻眼了。我住的地方是交通枢纽附近，平时去个什么地方，一般都是显示坐某条线的地铁或某路公车，大概需要多少分钟，可是这个地方，显示的是步行＋公交车＋步行＋地铁＋步行＋城铁＋步行，甚至还有一种方式要先去坐船……

我正琢磨着，Amit 发来了短信："请你预计何时搬家？在搬家之前能否把推荐信准备好？"

"是要原来房主的推荐信吗？我现在是学生，学校宿舍管理部的可以吗？"

半天没回复。

过了好一阵，再问他："所以我们确定是约今晚六点吗？"

"对不起，你现在是学生还是已经工作了？"

"我现在是学生，来读书之前工作过。"

"可以十分钟以后打给你吗？"

"好啊。"

手机接通的一刹那，好庆幸跟这个人先通了电话！ Amit 是个印度人，操着一口标准的叽里咕噜印度腔英文……

天知道我们在伦敦被印度英文折磨过多少次。也不知道为什么那些电信公司和银行的接线员都选印度人，打给他们往往是有事情急需帮助，可每次至少掰扯半小时，你听不清他的话他还跟你急……我怎么能去跟一位印度室友练英文呢？

正松了一口气，Amit 在电话那头继续说着："我是一个单亲爸爸，我的女儿每个周末都会过来，这个需要提前跟你讲一声……"

妈呀，谢天谢地，再见！

伦敦北边的富人区，有个我很喜欢的地方叫 Stoke Newington。之前坐车去过那边，周围全都是绿地和公园，安静的住宅区，有情调的餐厅和酒吧，我当时就想，以后退休了能在这样的地方有一栋房子多好。

在这边找了一些选项，其中有一家的照片非常漂亮，价格还特别便宜，每个月只要五百五十英镑。房主 Jeff 在广告中的自我介绍里提到："我曾经在国外生活过，所以希望能跟来自国外的人合住。"

这是第一家下了公交车就到家门口的房子，周围有大片绿地和树木，很高级的住宅楼，门禁很严。第一印象很好。上楼看到一个男的远远地打招呼，是个皮肤晒得很黑的中年人。

进门就是厨房，白色主调，非常干净，有个手磨咖啡豆的机器，说是花了不少钱在台湾买的。卧室的床很新，很大的衣柜，家具都是 MUJI 的。客厅有看起来蛮贵的音响和黑胶唱机。墙上挂着一张中国演员胡蝶的海报。阳台上，蓝紫色的墙壁，桌椅和花草相衬，天刚刚下过雨，看着远处的天空，从深蓝到浅蓝，变幻莫测的颜色，美到无语。

Jeff 说起他过去的生活经历，在西班牙住过几年，在大学里做英文老师，后来辞掉工作去餐厅洗盘子，又慢慢升成了主厨，回到伦敦做过建筑师，他给我看他裱在墙上的一幅建筑设计图，现在开了一个数字技术公司，负责设计工作。听说我学电影，就把书架上的碟片给我看，说黑泽明的《七武士》是非常伟大的作品，还推荐一部叫 *The Act of Killing* 的纪录片，让我一定要看。

他指着书架上的一面旗帜说："我之前的室友是台湾人，你看书架上很多东西都是她留下来的。我认为如果跟一个人合住，大家应该是一起分享这个房子，不要有太多规矩和要求，也不要总是躲在自己房间里。我希望你能享受在这里的生活，让自己放松，不要拘束。哦，只有一点，如果你有男朋友的话，他偶尔过来一起住是可以的，但不要经常来，毕竟还是有点不太方便，我的女朋友她在国外……"

"你的女朋友会经常从国外回伦敦吗？"

"她在台湾，不会经常来。"

"哇！你有一个台湾女朋友啊！"

"嘘……可是我们距离太远了，所以已经快要结束了……"

其实从进门的那一刻起，我心里就有个深深的疑虑，这人一开口讲话，嘴里就有一股酒气，眼睛也是红红的。鼓了半天的勇气说道："Jeff，无意冒犯，但你是喜欢喝酒的人吗？""不是啊！我不经常喝酒，也许偶尔喝一两杯，但你放心，我肯定不是那种每天喝醉的人。你怎么会忽然冒出来这个奇怪的问题呢？"

后来他介绍了自己组装的自行车和一个貌似挺贵的相机，还说每周会有个专门的师傅来家里，教他练习一种类似瑜伽的日式运动，其他时候他都在上班，所以大部分时间我可以独享这个大房子："基本上这个房子是可以租给你的，但你也需要时间慎重考虑，尽快回复我就行，毕竟不断安排人来看房很累。"

走出房门一阵头晕，被酒味熏的。这位先生大周一就把自己喝成这样，还不承认爱喝酒。晚上回到家，正跟室友们讨论"近乎完美的房子 vs 酗酒说谎怪叔叔"时，他又发来短信："Oh a question

I had and forgot to ask you. I'd like to cook something we don't already know once a week. Is that okay?（有个问题忘了问你，我希望我们可以经常一起做做饭，你可以吗？）"

　　大家的一致意见：明显就是个有东方情结的酒鬼设下的便宜陷阱。绝对不能去。

　　最后一间房子是最贵的，每月七百五十英镑。地处二区，离诺丁山和 Holland Park 都不远，附近有全欧洲最大的购物中心 Westfield，是伦敦西边非常繁华的地段。住宅区里看到一大片公共绿地，很多地方写着 "Dog Exercise Area（狗狗运动区域）"，很有爱。房子外观是三四层的联排板楼。房主名叫 Billy，棕色皮肤，长得很像巴西的足球运动员罗纳尔多。

　　推开门的一瞬间，我非常喜欢。天气很好，阳台门打开着，风吹进来，白色的窗帘飘着，屋子里满是新鲜空气。卧室的家具都是原木色，居然还有一个硬床垫，这在国外实在少见。很大的洗手间，非常干净，彩色浴帘，桃红色地垫，"这个洗手间是给你和你的客人用的。"言外之意是，我可以邀请朋友来家里玩。

　　在靠近阳台的桌边坐下，吹着风，楼下就是大片的绿地。客厅有一台黑胶唱机，满满两书架的黑胶唱片，旁边的桌子上摆着精油香薰……我心里暗想，这人应该是 gay 吧，哪有直男把生活过得这么精致的。

　　"你要喝点什么吗？要果汁还是水？"这是全部看房经历里，唯一一个问我要不要喝东西的人。加分。厨房的餐台上有一些红酒和白葡萄酒的瓶子："昨天有几个朋友过来，喝了一点酒，不过他们不是经常来。"

　　Billy 四十多岁，法国西班牙混血，在伦敦出生长大，早年帮BURBERRY、DIESEL 等品牌做大型活动，后来做过摄影师，拍过 MV，这两年专注在跳舞上面，推广一种类似 salsa 的巴西舞蹈，明年年初就要搬到巴西去住。2007 年买这栋房子的时候，周围还什么都没有，后来建了公共绿地，再后来又有了大型购物中心Westfield，他觉得买得很幸运。

　　"我很难重复做一件事情，一种工作干久了就想换，所以特别尊敬你能在一个公司待七年。我很热爱生活，喜欢接触不同的东西，像现在这个阶段就特别沉迷舞蹈，希望能把它推广到更多地方去。对了，我六个月之前开始吃素，发现完全没有不适应，反而让我整个人充满能量，每天只睡四个小时就能很精神……"

　　"可我每天睡很久，而且晚睡晚起，你觉得会是问题吗？"

　　"没关系。我不太会被声音吵醒，也不会去吵醒你。"

　　"那就好。坦白说，我很喜欢你的房子，你可以再考虑考虑……"

　　"不需要考虑了，你是我见的十二个人中，唯一可以聊这么久的人，而且我觉得你是一个特别积极乐观的人，我喜欢跟这样的人住在一起，所以，这个房间是你的了。"

太好了！这个房子各项指标都符合，硬件都先不说，光是这个伦敦出生、一口地道英国腔的室友就很难得了，过去的工作领域也比较能聊得来，后来打给小伙伴们商量，大家也都赞成。

至此，伦敦租房之旅圆满结束。这趟下来，我把这座城市的风土人情了解了一番，假设不是这样的情景和心境，我不可能有这样的闲情逸致乃至"冒险精神"。如今三年多过去了，那些有过短暂交集的人，不知他们过得可好，可还记得一个去看过房子的中国姑娘……

这一年的欧洲游学带给我的一切，显然不是几篇文章就能概括的，它在三十岁这一年，为我积累了足够的养分和能量，让我可以更加自信地回到北京，开启全新的生活篇章。

不要把生活给你的一切
视为理所当然

2014 年 10 月 23 日，又是一张单程机票。回到北京。

从那年秋天到现在，三年多的时间里，我主要做了四件事：成为工夫影业合伙人，学习管理整个公司；与大哥联合出版《成龙：还没长大就老了》；开发自己的第一个项目《Ai 在西元前》；当然，还有出版这本书。

毕业之前两个月，正值英国最好的夏天，我跟几个小伙伴跑去了一个叫 Bourton-on-the-Water 的小镇玩耍。溜达累了，找了一家水边的露天咖啡厅坐下来晒太阳，周围全是鸟语花香。就在喝着咖啡无比惬意时，收到了陈导的微信：方便通话吗？

小镇的信号不太好，跟他约好回伦敦时再通电话。在电话里，他正式向我发出了加入工夫的邀请。吃喝玩乐近一年，到 7 月份的时候，刚好把所有"想去清单"里的城市都打了钩，这个工作邀请来得正是时候。

工夫影业所有合伙人，都是相识多年的朋友，能跟大家一起工作，拍想拍的电影，还有比这更美好的职业方向吗？

回国之后，先是回家陪了爸妈一阵，11 月初正式上班，工作内容是公司运营管理。这是一个全新的挑战，过去的工作经验只在营销上，现在需要了解行政、财务、制作、创作等很多方面的业务，是个很好的学习机会，也能迅速提升眼界。与此同时，两个 **UCL** 的同班同学杨青青、冯帅帅也来了北京加入公司，后来陆续有同样背景的小伙伴加入，可以很自豪地说，工夫影业的平均学历水平一定是同行业最高。

几年间，我们经历了《少年班》的票房失利，《寻龙诀》《火锅英雄》《河神》的商业成绩与口碑双赢，越来越多的作品进入筹备，团队的战斗力和凝聚力也越来越强。一年前，陈导开始引导我参与具体项目的制作，后来更是建议我卸下公司管理的负担，专心去做一个制片人。

他在给我的一封邮件里写道："我对你未来的工作期待，是希望你能发展自己的项目，这是对公司业务最有实质助益的。虽然你没有制片经验，但在工夫的羽翼下，你可以边学习边整合资源，这也值得你专注精力并获得成就。"

如今，距离收到这封邮件过去了一年多，我的第一个项目《**Ai**

在西元前》也完成了前期开发。现在距离正式开机还有好几个月，主演阵容已经定得八九不离十了。在读者们看到这本书的时候，相信我们的第一轮海报已经发布。筹备这部戏的过程并不容易，以后应该会专门写一写。很期待今年与大家一起看到它的播出。

学着做项目的过程中，不仅有了很多在工作上的新收获，也有机会去看不同的世界，得到许多意外的小温暖。

去年年初，去《河神》剧组探班，住在浙江象山的小旅店里。窗外就是绿树茵茵，空气里浸着湿润。一觉睡到中午，发现住在这里的人们都去开工了，整栋楼空空的。想到北京的雾霾，马上穿衣出门，赶紧去楼下闻一闻这里的空气。

正在门口晃荡，老板开着一辆电动三轮车回来了："小姑娘，饭吃了吗？""没呢。"

"让我老公给你做个炒饭炒面吧，他做饭好。"旁边的老板娘说。

餐厅就在旁边，一个大大的库房里。进门看到一位老奶奶在整理渔网线，热情地跟我聊天。她的乡音我能听懂七八成，两人就这么瞎聊，笑嘻嘻的。

老板的炒饭很朴素，但特别好吃。几分钟之后光盘，余香尚存。回房间拿钱包，他一个劲说，不用专门去拿钱呀。看我一直咳嗽，他和老奶奶七嘴八舌地嘱咐起来："不能喝凉的吃凉的，不要开空调，不能冻着。""也不能吃硬的，花生、瓜子、黄豆，这些都不行。""喝生姜水，让肚子暖起来先。""加点枇杷叶。"

正说着，老板已经打开炉灶，帮我煮生姜红糖红枣水。有人来他家小卖部买东西，也加入聊天。老板打断他道："你先不要说话，让小姑娘先趁热把水喝完。"

老奶奶问："你今年多大啦？"我虚荣起来，问："您看我多大？""二十五六吧。"我立刻笑得花枝乱颤："都快三十四啦。"

结账，二十块。老板说，等你走的时候，给你一些家里的老姜，回去煮水喝。正说着，门外一场大雨瞬间降下。餐厅里没有伞，老板递过来自己一件工作服，给我挡雨……

因为一部戏，来到离北京一千多公里的小城，遇到这样淳朴的一家人，正是这份工作的迷人之处。我会一直记得象山这场雨，也记得这些来自陌生人的暖意。

跟大哥一起出书的事情，值得回顾一下。这件事要追溯到2012 年的《十二生肖》时期。那年 5 月，结束了影片在戛纳电影节的宣传，在回程的飞机上，我写了一篇长微博《大哥》，没想到在业内引发了不小的反响，有记者留言说，你这样一篇文章，抵过十篇宣传稿。之后没几天，大哥的工作人员把这篇文章拿给他看，看完他就派人打电话给我的公司，邀请我随他及团队一起前往缅甸和泰国做慈善，在这个过程中帮他写点东西。

这对我来说是个大惊喜。老板王中磊跟大哥是很好的朋友，对此欣然同意。这趟旅程也让我开始真正地走近他们。

大哥的工作方式很不一样，团队里的人就像是他的家人，除了睡觉之外，他几乎都跟大家待在一起，讨论工作、吃东西、喝咖啡、聊天。他在世界各地都有朋友，去哪里都是一群人，只要兴致来了，他就会讲些故事，几十年来闯荡江湖的经历，传奇有之，惊险有之，爆笑有之，感动有之，听得我们目瞪口呆。加上他作为演员的职业习惯，大家总是连听故事带看表演，简直是种超级享受。享受之余，我就想，这么多精彩的故事，应该写出来分享给大家啊。

与大哥的缘分从此开启。这之后，我们在工作中逐渐建立起越来越多的信任，这种信任让《十二生肖》的宣传工作空前绝后地顺利，最终电影取得了将近 9 亿元的票房成绩。2013 年春节过后，大哥决定带着整个剧组去东南亚度假，也邀请我一起参加。抵达新加坡的第一天，大哥把我叫到他旁边，递给我一个满是"龍"字的新年红包，里面是一沓美金。

欣喜之余，我跟大哥说："我想把你的那些小故事写下来，如果有可能的话，把它做成一本书。"大哥说："可以啊。"

这之后，花了大概半年的时间访问、记录、写作，出发去伦敦之前，二十多万字的初稿完成，但大哥发现其中有不少细节上的错误，需要认真校对，我们都没着急，先把稿子放了一年。中间我回国过圣诞假期，他两次去伦敦工作，我们都拿出一些空档，改了一部分。

2014 年 10 月毕业回京，我在工作之余，继续跟大哥核对书稿。

记得终于成稿的那个夜晚，我开车奔驰在三环路上，调着车里的广播，忽然听到那首《在我生命中的每一天》："我是如此平凡，却又如此幸运，我要说声谢谢你，在我生命中的每一天，让我将生命中最闪亮的那一段与你分享……"

关于这本书，想起一个小故事。

回国以来，为了校对书稿、讨论封面和版式，我开始频繁出入大哥团队下榻的酒店，常常跟大家开会到很晚。每天晚上七八点进停车场，夜里十二点、一点甚至两点才离开。这个时间段，在酒店停车场收费处值班的，是同一位大叔。

开始我没注意到他。直到有天他忽然忧心忡忡地问："姑娘，你天天来这里住，怎么不跟他们换个停车券呢？"我脱口而出："哦，不用，懒得换。"大叔再次忧心忡忡地看了我一眼，这次我分明在他的眼神里看到了同情。

交完钱往外走的路上，我恍然大悟——大叔误会我的职业了。毕竟这到达和离开的时间，也太巧了……想到这儿，忍不住扑哧笑出来。大叔一定觉得这姑娘特可怜，每天来这里"住"，这么辛苦，走的时候还要自己掏钱交停车费。

某天夜里，很晚了，经过缴费窗口时，发现大叔睡着了。特别不忍心地把他叫醒，顺便提醒他："我们刚刚开完会，一会儿后面还有两辆车要过来，您先稍微等一下哈。"大叔的表情经历了一个微妙的变化，忽而释然地说："哦哦哦，姑娘你是来开会的啊！"我说："是呀。"

几个月之后，书已经出版了一阵子。那天又是跟大家一起吃饭聊天到很晚。经过窗口时，大叔很神秘地跟我说："姑娘，你是个作家吧？我前几天在新闻上看到你的照片了！""作家"这两个字着实承受不起。我支支吾吾地说："呃，也不算……"大叔无视我的尴尬，继续开心地说道："怪不得你前段时间一直来开会！你是来做采访的吧？"这个差不太多："哦对，算是。""你真厉害啊姑娘，这么年轻，都当作家了啊！"我脸都红了，哼哈了两声赶紧踩油门离开。

自那之后，每次看到我的车过来，他都会热心地聊几句："姑娘，明天说是要降温，你可要注意啊。""姑娘，今天又这么晚啊，开车小心哈。"

某天晚上，他忽然把我的停车票递回来，说："姑娘你帮我写下你的名字吧。"我有些受宠若惊，接过停车票，一笔一画地写下自己的名字，然后在心底很认真地说，谢谢你，大叔。

文章写到这里，2004 年来北京参加研究生面试的那一天，忽然又回到了眼前。就是那个黄昏，在回程的火车上，我默默许下关于这座城市的愿望，如今它已超额实现，心中充满无限感恩。毕竟初入职场就能遇到引领你未来的导师，不断在工作中给你机会，在你迷茫时帮你画出未来蓝图，何其幸运；能在人生的各个阶段，都遇到志同道合的伙伴，为了真正的理想和共同的目标并肩战斗，何其幸运。

十年走过，自己已经从当初那个懵懂的毕业生，变成了可以给别人提供工作机会的"前辈"。我常常自我提醒，不要忘了自己是如何一步步走到今天的，这一路走来曾经被多少人帮助过。2016年的奥斯卡，莱昂纳多终于拿了影帝，他的获奖感言里有两句话非常好："Let us not take this planet for granted，I do not take tognight for granted.（我们不要把这个星球上的一切当作理所当然，我也不认为今晚获奖是理所当然的。）"

是啊，不要把生活给你的一切视为理所当然，在自己有能力的时候，要多去帮助别人。过去很多人曾经给过自己机会，今天就要给更多年轻人机会。这本书的写作初衷，也是希望能分享一些心得给大家。就像朋友"教育"我的那样："既然你要贩卖个人经历，你就得真诚。你自己吃了一个苹果，起码要种棵苹果树出来。"

我不敢说自己种出了一棵苹果树，但我敢保证这些文章都是真诚的。希望它们能带给你一些力量，让你也愿意相信，即使没有家世背景、没有金钱人脉，只是凭借个人奋斗，努力抓住每一个机会，梦想依旧可能实现。

怀念故人，与往事和解

　　这段往事，犹豫许久，还是决定放进来。有些人，有些事，是生命不可承受之重，就算我们选择逃避或忘却，它对你的影响也早已深植心中。总有那么一天，再面对它时，心中不再有万千波澜，它终于退化成了一道疤痕，安静地停留在那里，而你也终于知道，自己真的长大了。

　　好的影视作品有很多种，判断标准因人而异。十多年的业界经历，我一直是个非常容易满足的观众。文艺青年们嗤之以鼻的电影我也能看得津津有味，专业人士羞于承认喜欢的作品我常常脱口而出说好看，在个人微博或朋友圈里，从未批评过任何一部同行的电影。

　　但在内心深处，有一类作品，才是真正融入生命的重要的东西。或许在别人眼中，它们不值一提，但是我与它们之间，像是曾经交换过人生的秘密一般，有着特殊的情感。它们对我来说，是长久埋藏的私人记忆，都曾给过我同样的感受。那感受，如果一定要用语言形容，应该是一种长久蔓延的、不可自拔的伤感。你好像进入了那个情境里，情境是真实的，而现实才是虚构的。

这感觉第一次出现，要追溯到初中时的一个暑假。那时电视里正在播周海媚版的《倚天屠龙记》。小时候，我是个被父亲管得很严的小孩，平时是不准看电视的。放暑假去了奶奶和叔叔家，能肆无忌惮地看电视简直太幸福了。只记得当时被剧情深深吸引，每次听到黄霑的主题曲《随遇而安》，就感到热血沸腾。

直到有那么一天，听歌里唱着"滚滚啊红尘翻呀翻两番，天南地北随遇而安，但求情深缘也深，天涯知心长相伴"，十一岁的初中生忽然陷入深深的伤感。当别人在江湖策马驰骋的时候，自己却困在这个小小的地方，周围的世界好像不是我想要的，也不知道未来到底会怎样。我清楚地记得那种难过的感觉，比起放学后一起玩耍的好朋友都回家了，只剩自己一个人在家里那种孤独，还要更孤独。

这种感觉，后来在高中时代看张婉婷的《玻璃之城》、张艾嘉的《心动》，大学时代看《卧虎藏龙》时曾经重现过，再后来就消失了。

来北京读电影研究生，跟着老师同学们认真学习历史，看闷或不闷的经典片，电影理论慢慢也能掰出一套一套。此后进入业界，逐渐了解市场与行业，直到辞职去英国再读电影研究。那一年时间，即使去欧洲其他国家旅行，也常常惦记着去电影院看片，一年下来攒了快一百张电影票。回顾这十多年，也算看过数以千计的电影，很多经典的美剧，偶尔也追国产剧，时常跟着哭，跟着笑，但是那种久违的不能自拔的伤感，再没出现过。

直到两年多前的某个晚上，看完《琅琊榜》最后一集，我一个人坐在沙发上满脸是泪。恍惚了许久，终于发现，那感觉又回来了。

这部戏的主演是胡歌。

这是我第一次如此郑重地写下他的名字。太长时间以来，这个名字仿佛是个不可触碰的伤口，总是能避就避。毕竟那段往事，在我们每个亲历者的心里，都是一段裂帛。

那是 2006 年 8 月的晚上。研究生二年级的暑假刚过，我到华谊上班不足半月，正跟着同事一起在杭州出差，宣传冯小刚导演的《夜宴》。夜里收工回到房间，MSN 上收到师姐李峥的消息，她说，跟你说一件事情你不要害怕，也不要着急，面面出事了。就这样毫无预兆地，我听到了张冕车祸的消息。我问李峥，严重吗？只要不是最严重的结果就好。那头一阵沉默，说，你不要多想了。我也不知该跟你说些什么。一瞬间我知道，就是那个最严重的结果了。

我一个人在空荡荡的酒店房间里，巨大的难过与恐慌袭来，头痛，满身出汗，胃部痉挛。怎么会这样？怎么会这样？怎么会这样？

当年准备考研的时候，有个"考研论坛"非常有名。很多同学都聚集在那里，看前辈们热情提供的经验，我们也不例外。很多人在备考的过程中，就已经在论坛上成了朋友，大家互相鼓励，彼此分享，期待有一天可以一起实现目标。在北师大艺术与传媒学院电影学的版块里，崔颖师兄的 ID 叫 iamabird，李峥师姐的 ID 叫不上保送，以他们俩为代表的前辈，总是不厌其烦事无巨细地为我们解答疑问，bird 师兄更是分享了洋洋洒洒近万字的备考经验给大家。我们这一届考生里面，叫"朱墨 1983"的我、叫"可如"的朱静雅和叫"奔跑的兔子"的张冕，也早早就混熟了起来。初试之后，我们三个都顺利过线，继续准备复试，直到在北师大艺术楼 201 那间备考室内，三个网友第一次相认，紧张之余，聊得也很开心。那之后，我们又一起通过复试，并且都成了周星导师的门生。

9 月开学，我和张冕分在了一个宿舍，静雅就住在我们对门儿。因为是同一个导师，我们常常同进同出，还一起搭档拍摄了短片作业。也是那一年，《仙剑奇侠传》开始播出，不久以后，我们就不断听静雅说男主角有多帅多帅，他的脸简直是哪几个大帅哥明星的结合体，如此种种。那部剧我们没看，因而对她的花痴表示嗤之以鼻，她一副道不同不相为谋的样子，继续乐呵呵地追剧，乐呵呵地上一个叫"古月哥欠"的官方网站。

　　直到有一天，不知是在怎样的机缘之下，静雅和张冕认识了唐人的经纪团队，张冕还进入了这个团队工作，逐渐成为一个专业的经纪人。那时候我在宿舍常常听到她跟人打电话，讨论一些电视剧拍摄的合约细节。张冕比我和静雅都大三岁，来师大读书以前，有过一些工作经验，人看起来也成熟，我在旁边观察，觉得她很适合这份工作，她自己也乐在其中。那时候我跟静雅开始忙大学生电影节的事情，大家都是满腔热情，觉得未来很美好。

　　直到 2006 年 8 月的那个晚上。

　　我已经忘了那天是怎么入睡的。只记得心里想着，明天一定要去看她，要去送她。第二天一早，跟公司请完假，就在杭州坐上了去嘉兴的汽车。

　　如今回想起来，因为这些年刻意的回避，那时的很多记忆都已经成了碎片。现在只记得起在嘉兴殡仪馆看到冕的父母和静雅，看到一直陪在旁边红着眼圈安慰大家的袁弘，我什么都不能做，什么话都说不出，只能呆坐在那里，跟着大家一起流泪。通知我们进去见最后一面的时候，我没有进去，知道自己无法面对。坚强的静雅陪着阿姨一起进去，出来时已经崩溃。

　　回到杭州，跟大部队马不停蹄赶往西安，准备下一站的工作。落地后，出租车里响起那时周杰伦的新歌："我送你离开，千里之外，你无声黑白。"我坐在后座，避开同事的目光，悄悄蒙上了双眼。

那之后的很长时间，我走在路上，觉得周围都是危险，看任何事情都觉得悲观。那年我二十三岁，第一次经历身边同龄人的离开，对内心的冲击之大难以形容。因为工作原因，没能去参加她的葬礼。静雅和李峥去了。回来之后，也无法交流什么。之后不久，阿姨从山东来到北京，在小西天租了一间房子，我们去那里陪她聊天，陪她吃饭，听她不断重复着说起那天晚上的情形，以及那之后的种种。冕是家里唯一的孩子，阿姨和叔叔承受的痛苦之深，我们作为旁观者，只能体会其万分之一，却完全束手无策。这件事就像一块巨大的石头，压在了每个人的心上。

毕业之后，静雅去了上海，进入唐人影视，接手好友曾经的工作。我留在了北京，每年去上海出差的时候，会跟静雅约着见面。我们共同失去的那个朋友，却常常不知该如何说起。

胡歌在2007年复出，脸上留下了再也回不去的痕迹。后来我们得知，他在冕最喜欢的云南，建了一所"张冕苗圃希望小学"。

只是这之后很多年，我都回避看他的作品。那种感觉很难说清。他在同一场灾难中经历了难以想象的伤痛与折磨，清醒之后要面对朋友的永别，那种心理压力，要有多坚强才能度过，我们无法想象。我只知道，看到他的名字，心里会一紧，总是本能地想要躲开。

　　这些年里，有时也会有一些项目，公司提议要邀他出演。尽管我们并不是能做决定的人，但作为团队中的一员，每当被询问到意见时，我的嘴总像是被堵住一般，无法赞同也无法反驳，最终只能沉默。

　　2014 年从英国回来，重新开始工作。这年冬天，公司有一部电影正在定男演员，导演一直坚持要请好友胡歌出演。他坚定地认为，胡歌的演技和性格，终究会让他成为一个伟大的演员。很可惜，因为档期原因，这部戏最终没合作成。

　　次年十一长假，照例回家陪伴父母。每天闲着无聊，看微博上《伪装者》简直火到不行，我决定试着看一看。九年过去，总有些往事该放下了。

　　第一集，胡歌出场，眼角的伤疤明显，看着那张帅气的脸被划下这样的痕迹，脑海里不断闪现当初那个晚上的心情，心渐渐地揪起来。就这么看着看着，或许是剧集本身够好看，或许是演员演技够精彩，不知道从哪集开始，心里那道关卡悄然跨越了过去，终于可以坦然看着屏幕上的他，不再想回避了。

　　回京之后，随着热潮，再追《琅琊榜》。梅长苏的风骨如何被胡歌演绎到入木三分，已经有太多文章在歌颂，这是一个多好的演员，不需我再多说。我只知道，只有死过一次的人，才能把角色演出这样的魂魄。

　　看完最后一集，之后连续几天，情绪依然出不来，那种长久蔓延的、不可自拔的伤感，又回来了。我好像进入了那个情境里，情境是真实的，而现实才是虚构的。这感觉，让人难过又庆幸。

看到 2016 年何东老师采访胡歌的一段视频，里面两人谈及生死轮回，何东问道，你何以知道那次车祸不是你内心（有意识）的一次撞击？胡歌说，肯定不是，因为代价太大了。

是啊。这代价，不仅让一张万众瞩目的脸支离破碎，更让一个朋友失去了生命，让一个家庭彻底倾覆，再无快乐的可能。而在尘世间背负这些的，就是在那次灾难中存活下来的人。

冕。这么多年过去，我有时会想起她，有时也会忘掉她。这种遗忘，是人性的自私，是世间的残酷，也是命运的释然。她的生命停止在了二十六岁，永远不再变老，或许也是一种永恒。想起她的时候，我会想起她是一个爱笑、爱玩、爱背包旅行的姑娘。忘记她的时候，我会尽量珍惜眼前的生活，努力让自己快乐，才对得起在这人世间的每一天。

庆幸在九年以后，因为一部好剧，与一段往事和解。也庆幸那个在鬼门关走过一遭，又被命运带回来的年轻人，经历了这么多年的历练与积累，让所有人看到了他的能量与未来的无限可能。

与这位朋友的朋友，从未谋面。或许将来有一天，因为某部电影作品，大家有机会合作。见面时，或许会一起想起那位天上的朋友。青砖黛瓦，故景如旧。一袭白衣祭故人，陈情此时休。

　　这些年，几个跟冕相熟的孩子里，静雅跟阿姨联络得最多，我和李峥联络得少些。很多时候，不知道能说些什么，做些什么。阿姨是个很有原则的人，不接受大家给的物质，而我们在前些年里忙于工作，时间上没那么自由，也没能真的做到陪伴。对于那段过去，我们都选择了逃避。

　　那年秋天，我跟静雅、峥峥决定找时间去趟山东，看看阿姨和叔叔。现在大家事业都已经稳定，自由度比原来高很多，经济条件也好了很多，是该扛起更多责任的时候了。

　　10月的最后一天，我们三人在北京西站会合，坐了五个小时慢车，抵达聊城。叔叔阿姨开了车来接，晚餐之后一起回到东阿。叔叔已经订好了酒店，坚决不许我们花钱，他贴心地定了两个房间，让阿姨留下跟我们多聊聊天，晚上可以住在一起。阿姨一直说，如果不是因为你们这些孩子一直惦记，这些年我们可能撑不下去。冕知道你们来看我，会很开心的。

　　可我们知道，自己做的还是太少了。

　　那天晚上，我们三个孩子就像陪伴妈妈一样，听阿姨说起这些年的一些事。她去冕去过的地方重温，去她想去但还没机会去的地方旅行，去探望同样失独的父母们；平时除了照顾叔叔的衣食起居，她在家附近开辟了一片菜地，每天照顾那些小苗儿看它们成长；叔叔这一年学会了开车，会带着阿姨去一些地方看看……所有这些，是生者的伟大，是对离人最好的缅怀与尊重。除了这些，还有许多惊心动魄，许多百转千回，无法轻易说出来，我会一直放在心底。

第二天一早，我们一起去看冕。墓碑前，我把《赤血长殷》用手机放给她听。她当初寄予厚望的"小伙儿"，如今有了全新的代表作，事业也已跃上新的巅峰，她听了一定非常欣慰。

2016 年 8 月，冕离开的十周年。叔叔阿姨为此准备了很久，我也通知了一些同班同学，大家一起来到山东，参加这次纪念。

这次抵达，叔叔阿姨已经在准备搬新家了。从新家的阳台望出去，能远远看到阿姨精心照顾的菜地。我们在家里热烈地谈论着，大家的小孩以后都可以送来这里，跟着阿姨一起过暑假。晚上为了方便，阿姨依旧跟我们一起住酒店，我再次要求跟她一个房间，陪她聊天聊到睡着。

第二天，去墓地的路上，阿姨悄悄告诉我们，胡歌前段时间来这里看过她，也单独一人去祭拜了冕。十年之后再相见，两个被一场巨大悲剧联结在一起的人，终于可以放下一部分伤痛，重新面对生活，也重新面对彼此。

回京的火车上，我写下这样一段话——十载倏忽而过，你一直在我们心里。墓园里的骄阳似火，沿着台阶走上去的过程，像是在穿越时空的隧道。用来燃香的打火机烧得滚烫，在我手心灼下一个小小的印记。叔叔阿姨安好，请放心。明年再来看你。

灯火通明的大厦在旁边迅速掠过，高处的霓虹越
发绚烂，那就是现实与梦想的距离，虽遥远却踏实。
一切一切，与电影有关，都那么精彩。

Chapter 3

每个人都是
独立的

成龙·让我将生命中 最闪亮的那一段与你分享

　　我 2017 年的生日，是在香港君悦酒店宴会厅，在整个香港电影圈前辈的包围中，在成龙、曾志伟、刘伟强、陈德森等一众大咖唱的生日歌中度过的。

　　看起来很牛吧？其实这是一个狐假虎威的故事。

　　3 月的一天，成龙大哥跟我说：这个月 28 号，杨受成、曾志伟、尔冬升、岑建勋他们几个非要在香港给我弄一个奥斯卡庆功宴。我说不要做不要做，这件事情已经讲了太久了，再这么讲下去，人家一定会骂我。可是他们非要做，还请了很多好朋友过来，这下我也推不掉了，你要不要也去玩一下？

　　我心想，刚巧那天是我生日耶，去香港旅行一趟，跟着大哥吃吃喝喝，还能见见这些业内前辈，何乐而不为？就一口答应下来。

出发前一天，大哥经纪人 Joe 姐跟我说："他前两天回香港，没带奖杯回去，非说大家随便吃个饭就行了，这怎么行？香港的同事希望你帮忙带过去，可以吗？"我当然义不容辞。

第二天，把奖杯包好，放进一个帆布袋，不敢托运，就直接背在身上。过安检的时候，工作人员问，你这是个雕塑吗？我含糊其词道，嗯。奥斯卡奖杯有多重呢？如果不亲手拿一下，你是无法想象的，反正我就是香港机场等入关那几十分钟，一直拎着，拎得腰快断了。

次日傍晚，从大哥公司一起出发，他穿着一袭帅气白衣，非要自己开车，于是我们一行人就坐着巨星开的车到了酒店，门口早已聚集了一大帮记者。

抵达会场，他团队的人开始忙碌，我就找了一个角落坐下来，默默观察全场，看着邹文怀、方逸华、吴思远、杨受成、林建岳、施南生、许鞍华、陈木胜、刘伟强、陈德森、罗启锐、张婉婷、米雪、张学友、曾志伟、刘嘉玲、谢霆锋、古巨基、元彪、元华、泰迪·罗宾、许冠文、王敏德，成家班成员卢惠光、李忠志、林国斌、火星……还有许多行业大佬，大家一个个抵达，跟大哥热络地拥抱寒暄。

开场之后，大哥把我从最后一排拉去第一桌，坐在他旁边，好提醒他一会儿上台讲话不要漏掉重要信息。整个晚宴过程都是欢声笑语，曾志伟回忆起大哥在《龙兄虎弟》最严重的那次受伤，竟然讲出了连当事人都不知道的细节："当时做完他的手术，医生出来跟我们说，你的这个朋友啊，是 super man 来的！普通人做手术的过程中，血压和心率都会非常不稳定，你的这个朋友做这么大的手术，居然一直都是平稳的！他的身体素质太好了，super man ！"

刘伟强讲起刚入行给大哥做助理的经历："当时他问我，你会英文吗？我心说，×，我当然会英文，后来我才知道，他找我去是帮他处理一大堆外国影迷的事情，怪不得需要我懂英文。"拍摄《龙兄虎弟》的时候，刘伟强已经是摄影师了，也见证了大哥从很高的树顶上掉下来那惊险一幕。

我从北京带去的奖杯，成了当晚最被瞩目的焦点。所有人都抢着过去拍合照，场面又热闹又温馨。再过十来天就是大哥生日，工作人员特地提前准备了蛋糕，晚宴最后推了出来，他开心地把所有4月过生日的人喊上台，带着大家一起唱生日歌，于是就有了文章开头那一幕。

晚宴之后大家又去了 KTV，每个歌手都在给大哥唱歌，我听了整场的 Live Show，过瘾。活动结束回到公司，大哥已经有点醉了，让我们再陪他喝会儿茶聊聊天。

坐下来，他一直重复说着几句话，先是："这些都是四十多年的朋友，真的很不容易，我们已经没机会再去交四十年的朋友了……"然后对三个同事说："你看像现在这样坐下来，安安静静地说话多好，你们都辛苦了，平时就算受了委屈，还是认真地做好分内事……"说完这句，他忽然转向我："你说怎么这么神奇？你从河北来，我从香港来，我跟你离得这么远，我们怎么会有一天成为这么好的朋友？"

我对他说："大哥，我从开始到现在的每一天，都依然觉得这事很神奇。"

2016年春天，好几个朋友去日本旅行，都不约而同地发来同一张照片——书店里刚上市的《成龙：还没长大就老了》日本版。那边的译名我很喜欢，叫《永远的少年》。收到大家的微信时，总有一瞬间恍惚——我真的跟成龙结识，成为朋友，还一起写了一本书吗？

自从这本书出版以来，我常常陷入这种恍惚。尤其看着繁体版、日文版、韩文版、俄文版、越南版、泰文版、保加利亚版陆续成书上市，其他国家和地区的合约还在不断签署，我总是在想，有哪位初出茅庐的作者，敢奢望自己的文字变成那么多种不同的语言，摆在全世界各地的书架上，拿在不同国家的人手中呢？

这年9月的一个中午，我醒来打开手机，收到大哥发来的两条短信。第一条是早晨八点三十二分发来的：起来有空来个电话。第二条是十点四十二分发来的：十一点还没起床，就等你来恭喜了。我有点蒙。恭喜什么？

稀里糊涂打开朋友圈，才发现大哥拿奖的消息已经被刷屏了。

　　我实在是个不称职的朋友。早上八点多那会儿，想必是大哥想分享这个消息，我竟然错过了。电话拨过去，那头没人接，估计已经被各方祝贺的声音淹没。我一个人在家里，手舞足蹈地默默大喊，我的天，奥斯卡终身成就奖！

　　在此之前，亚洲仅有三位电影人获得过这一奖项，他们分别是日本导演黑泽明、印度导演萨蒂亚吉特·雷伊和日本动画大师宫崎骏。大哥是获得这一成就的首位华人，也是这个奖项有史以来最年轻的获奖者。

　　当天傍晚，他的电话打来，一接通就说："我的手机已经被打爆了，还有好多好多的短信没来得及回……"我赶紧对他说恭喜。

　　2016 年 11 月 12 日，由美国电影艺术与科学学院主办的奥斯卡终身成就奖颁奖仪式在洛杉矶举行。大哥身穿一套黑色唐装亮相，接受所有人的祝贺。他的老朋友施瓦辛格过来问："老兄，你怎么穿了套女人的旗袍来领奖？"大哥还未搭腔，旁边的外国朋友便"嘲笑"他道："你也太土鳖了，这是唐装好吗？！这是中国人最隆重的礼服！"

　　颁奖典礼之前，主办方专程来询问大哥的经纪团队，希望在颁奖典礼上邀请哪位明星作为特别嘉宾。大哥的团队说，如果找一个从没合作过的人来，应该会蛮有意思。大家都悄悄瞒着大哥，不让他知道这个小秘密。直到颁奖礼当晚，大哥看到的那位惊喜嘉宾，正是奥斯卡影帝汤姆·汉克斯。

为了介绍大哥出场，汤姆·汉克斯竟然创造了一个非常有趣的词语——Chantastic，这个词从 Fantastic 变形而来，变得简直是巧妙，于是我也仿效影帝的娱乐精神，给它译成了"无以龙比"——

晚上好，我代表组委会和演员协会，在这个奇妙的夜晚，请出最后一位屌炸天的获奖者。终身成就奖，是对一个演员演艺事业做出杰出成就的肯定。因为成龙，把它变得"无以龙比"。

他的作品大多为功夫电影和动作喜剧，而这两大类型电影，在奥斯卡的历史上几乎毫无建树。如果我能影响组委会的抉择，我得要改变这个现状。我们欣喜地看见了成龙脑洞无边的创造力，他在动作表演上所展现的伟大天赋，以及他对这份事业的奉献精神。

伟大的表演有许多不同的表现形式，作为一名演员，你看到好的表演时就会秒懂。成龙拍电影非常认真，有时候认真得吓人，同时又能让全世界无数观众捧腹大笑。

一方面，你可以认为他是严肃电影里的约翰·韦恩，同时又是喜剧电影里的巴斯特·基顿，这个男人身上究竟有多少种可能？他的才能是毋庸置疑的，是"无以龙比"的。

但是成龙在做的事，不是那些银幕传奇曾经做到的事，也不是那些伟大的电影艺术家曾经做过的。把 NG 花絮放在片尾，约翰·韦恩和巴斯特·基顿的花絮里，绝不会出现摔断脚踝、撕裂足筋的画面……

　　颁奖典礼的第二天，他就马不停蹄飞回了北京，这里的剧组还在等着他开工。抵达当晚，他们一家人请几个好朋友一起吃饭，所有人一进门都是先嚷嚷："大哥，快给我们看一眼奖杯！！"看着大家兴高采烈地排队拍照，大哥在旁边笑得很开心。席间，我听到了一个幕后消息，当初"成龙"这个名字被提出来的时候，评审团成员是全票通过，这在过去几乎没有过。

　　全世界认识成龙的人有多少，无法做出科学统计，但每次的所见所闻，都足以刷新我的想象力。当年，《十二生肖》曾去一个叫瓦努阿图的地方拍摄，那个遥远的南太平洋群岛上，大部分都是一些原住民，剧组的车队每天从住处开到片场，路不好走，车开得慢，当地人就都跟着车走路去片场看拍戏，车窗外总有很多人喊着"Jackie Chan"，他们都看过他早年那些经典动作片。

　　后来我曾跟随大哥团队去缅甸做慈善，他住的酒店大堂和门外摆满了当地影迷送来的礼物。我们这些人，从小就看成龙的电影，对这个人有自己的想象和理解，多年来他新闻不断，外界对他也有一些固定的看法，而所有这些，只有当慢慢走近他的时候，才能分辨什么是真，什么是假。

　　这位每天都有上百件事在忙的巨星，对朋友的细心和关心程度却是"令人发指"的。我常常怀疑他哪儿来那么多的精力，记得住那么多跟朋友有关的小细节。

他很喜欢学各种语言，几十年来跑遍全世界，到哪儿都能说几句当地话，在餐厅吃饭时尤其能跟服务生聊得很开心。我曾跟他讨教过学习英文的经验。他说，你一定要把每一个单词的发音都读到准确，不要稀里糊涂说个差不多就算。《十二生肖》宣传期间，有次是在泰国，工作结束后我们被带到当地一家很有名的餐馆，大哥照例负责安排所有人的座位，他特地把我放在两个老外中间："你不是说要好好练习英文吗？"

也是在泰国，我随身包的拉链头掉了，也不知道他什么时候注意到的，等我发现时，他正从自己背包上拆下一个降落伞模样的拉链头，捣鼓半天系在了我那个坏掉的拉链上。那时候我的手机很容易就没电，每天收工一群人回到房间，他第一件事就是把他的充电手机壳拿出来，套在我手机上，嘴里嘀咕着："看，我变成给你服务的了。"

《十二生肖》国内巡回期间，我们全程都坐他的私人飞机，赶往影院的路上大家同车，路途无聊时会一起唱唱歌，有次我说起特别喜欢他一首歌，是他和范晓萱合唱的《特务迷城》主题曲《身不由己》。结束国内宣传那天是在深圳站，他带着所有工作人员去朋友的山庄里大吃大喝大玩，饭后唱卡拉 OK 的时候，他特意把我叫过去："墨墨，我们来唱一首《身不由己》吧！"

决定留学，大哥主动提出帮忙写推荐信，让我受宠若惊。那年3月，我一直在紧锣密鼓地准备各种材料，而推荐信要在截止时间之前请他签字才来得及。事前我把截止日期告诉了他，当时他正在闭关开政协会议，就在截止日期那天晚上10点，他忽然打电话来："我现在有机会被批准可以出来两个小时，你在哪里，快把东西拿给我签字。"

以上这些细节，并不是我的专利，他对每一个朋友都能做到这样，这真的是超人。

2015年冬天，我飞到东北一个叫调兵山的地方去探他的班，他正在那里拍摄《铁道飞虎》。抵达住处时已是傍晚，干脆就在房间等大队收工，没多久，大哥助理多姐发来微信："我们已经回来啦，大哥让你过来吃饺子，快到楼上来找我们。"大家住的酒店号称当地最好的，但其实就是县城招待所水平。大哥和成家班包了顶层所有房间，把其中一间改造成了厨房和洗衣间，其余房间分给大家住或做会议室，确保了功能性和私密性，这已经是"国际巨星"的团队能为他打造的最奢侈环境。

大哥喜欢热闹，这点只要认识他的人都知道。晚上，我们一大群人在他房间吃了顿热腾腾的饺子，丁晟导演、成家班动作指导何钧、来试装的演员王大陆，主演张蓝心，还有几个剧组工作人员都在，大哥照例张罗所有人吃喝，给大家倒茶倒酒，中间不定时插播送礼物和讲故事环节，所有人都很开心。聊到夜深，第二天一早还要拍戏，大家陆续告辞，我临走前，大哥递来一个东西："把这个拿到你房间点上，这个酒店房间的味道不是很好。"我一看，是用大酸奶的塑料盒子装了一些土，里面插着几支熏香。

我号称是来探班的，总得去片场看一看。大哥第二天的通告时间是七点半，体谅我爱睡懒觉，大家让我中午跟着厨师小胡送饭的车一起去现场。午餐的食谱是米线、蒸饺、一个炒菜、一碟XO酱，东西不多，我和大哥、蓝心三人分吃刚刚好。饭后喝茶，他又变出巧克力饼干，给我们当茶点。这之后，大哥在房车里等了两个多小时，终于被通知去现场拍摄，那是一个在火车顶上跳跃的镜头，动作不复杂，几遍之后，这个镜头拍摄完成，大哥当天的戏就结束了。拍完之后，他又回到房车上等到大家收工，才返回酒店。

这可不像一个"国际巨星"的工作方式。剧组的"规则"大家都清楚，越是大腕儿越有资格任性，他们的戏一般都是压在最短的时间内集中完成，其他演员的拍摄时间都要配合他们的档期来安排。如果当天他们只拍一个镜头，肯定不用早上七点半到现场，也不用等到全组收工才走人，不然经纪人的投诉电话早就打来了。

跟蓝心聊起这事，她也正感慨："我最近跟 ×× 一起拍的那个戏，给我的通告是八点，我就八点到场，到了之后发现一个演员都没有。不到中午，女一号不会来，不到下午，男一号不会来。在拍这部戏之前，我以为所有人都是像大哥一样的工作方式，现在才明白，原来只有大哥是这样的工作方式……"

过去多年的电影宣传工作中，我见过形形色色的艺人和经纪人，有些是专业的、讲道理的，也有很多是难缠的、不靠谱的。与他们打交道，都要先把自己调到"战斗模式"，这一点相信很多同行都深有体会。以下是我自己亲身经历过的：坐在车里零食果皮扔满地，把脚搭在司机脑袋旁边的女艺人；因为报销餐费时间延迟拿酒瓶砸工作人员的男艺人；一顿工作餐在酒店房间点单超过八千块人民币的女艺人；因为合影里艺人胳膊被挡住就打电话破口大骂的经纪人；还有他们永远要争的海报排名先后，新闻稿排名先后，出场顺序先后，访问顺序先后，杂志出刊先后，单独化妆间，单独电梯……

当你不断经历这些，不断被刷新底线之后，忽然在工作中遇到一个像大哥这样的明星，你真的会觉得他和他的团队是天使。他们从来不会提出合约之外的无理要求，平时衣食起居都由自己团队搞定，不迟到，不早退，不抱怨。一旦确定下来的工作，对每个采访和通告都认真对待。记者们都很爱采访他，因为他回答问题的时候从来不敷衍。他团队的工作人员都细心有礼，几十年来闯荡世界，他们早已形成一套工作系统，很多事情都自己解决，不给别人增加麻烦。即使工作现场不慎出了什么纰漏，也不会有人马上蹿出来指责或抱怨，因为大哥总是说："几十年来在拍戏现场，我见过太多问题和状况了，每次你准备得再充分，也会有突发状况，已经习惯了。我们不能要求人家什么都完美，只要不是故意犯错就可以原谅。"

《成龙：还没长大就老了》出版以后，他帮好多好多朋友签了名，我时不时跟他说："大哥，你要帮我签一下。"他总是说："你的要等我想好一句完美的话才能签。"这一等就是好几个月。直到有一天，他把书拿过去，特意用签字笔比较细的那一头，一笔一画写下"让我将生命中最闪亮的那一段与你分享"。

几年前，我曾在微博写下这样一段话：有些大佬眼里根本没有你。有些大佬把你当作认真工作的小伙伴，关键时刻会替你撑腰。还有一些大佬，他们把你当作平等对话的朋友，会设身处地地替你着想。成长路上，遇到第一种很正常，遇到第二种已属幸运，假如遇到第三种，就尽情撒花庆祝吧。大哥，显然是第三种。

王中磊 · 老板，好久不见

　　工作以来，只对一个人叫过"老板"，这人就是王中磊。

　　二十多年前，开始掌管华谊兄弟的时候，他还是个二十六岁的年轻人，那时候应该也曾面对过很多质疑吧。就像我二十六岁就当上华谊电影宣传总监时，周围也充满了质疑一样。好在多年以后，我们都用事实证明了自己。没人会否认我十年来的行业经验，也没人会否认他是当下最专业最体面的制片人兼上市公司老板。

　　2016 年《我不是潘金莲》宣传期，他来公司楼下场地参加发布会，活动结束后顺便借我们这儿开个会。那天我把二楼的创意空间预留出来，让人掐着点儿去楼下买了黑咖啡，给他留在桌上。发布会一结束，他上楼来，我张罗大家坐定，就像当年一样。尽管，我已不再是会议中的一员。

　　2006 年的华谊兄弟，电影公司只有三十来人，我有幸加入其中，成为宣传部的成员。刚上班的那几个月，不管是写稿或做宣传方案，我都是个乏善可陈的新员工，没有任何光荣事迹可以拿出来显摆。

不仅如此，我还闹过尽人皆知的笑话，这故事在前面提到过。《集结号》刚开机，公司把我派去剧组做驻组宣传，结果到那儿第一天就高烧到 41 度，第二天就灰溜溜地回到了北京。因为我的不争气，公司只好临时外聘了一个男孩，跟着剧组去了寒冷的丹东。

也是所有这些挫折，激发了我的斗志。我开始抓住一切机会观察和学习。几个月之后，公司宣传部人事动荡，从领导到同事都因各种原因离职或转岗。在这个没人管的真空期，我偏执又大胆地包揽下所有工作，把能想到的所有事情都去做一遍，每天都加班到凌晨三四点。

或许是这种工作狂的表现，让老板注意到了我。2007 年，作为公司新任媒体联络人，我接待了两百多个中外记者到横店探班《功夫之王》，当晚又立刻赶到上海，准备《集结号》在上海电影节的发布会。在酒店大堂跟同事们道别的时候，老板在远远的座位那边，站起来跟我挥手再见。

《集结号》进入成片阶段，有天后期同事发来了邮件，请大家确认片尾字幕。当时公司惯例是把宣传总监打成"宣传统筹"，其他宣传部成员不论什么职位，一律打成"宣传助理"。

这是第一部我从头到尾真正参与的电影，非常期待看到自己的名字出现在那个 Excel 表里。收到邮件，看到"宣传助理朱墨"，心中正在激动，忽然，老板给大家回了信："请将宣传助理朱墨改成宣传经理。"

这样一封信，对我这样一个"易燃"体质来讲，无异于一针强力鸡血，再加一年的班也在所不惜。这之后不久，我收到公司的升职通知，从"宣传经理"升为"宣传部副总监"。

其实《集结号》整个过程都压力巨大，这部戏既没有大明星，外界也不看好冯导去拍一部战争片。大家都抱着破釜沉舟的心态，跟自己死磕。剧组在零下几十度的东北一拍就是几个月，宣传期间主创们做了能做的所有访问，上了能上的所有节目，路演跑了几十个城市，所到之处，观众们无不感动得热泪盈眶。最终，这部电影拿下了当年的国产片票房冠军。

2008 年的春天，刚做完《功夫之王》的首映发布会，搭老板的车返回公司。车上放出当时王若琳的新专辑 *Let's Start From Here*，阳光透过玻璃照在脸上，很舒服。老板忽然说："墨墨，如果把你的工作领域调整一下，你会愿意尝试吗？

"公司电影宣传工作现在已经进入正轨，但电视剧宣传工作急需有人从头抓起。我想让你去建立华谊兄弟电视剧宣传部。这是基于对你能力的认可，也是一种提升，当然也要尊重你的个人意愿。"

从未想过这种可能性。思考了一秒钟，我说："老板，感谢您对我的信任，我愿意接受这个任务，但我喜欢的是电影，希望将来有一天还能再回来。"

转岗之后没多久，正自以为雷厉风行、游刃有余之时，收到他一封邮件。我被合作伙伴投诉了。

那应该是我俩通信史上最长的一封。对于别人投诉的内容，他委婉表达了责备，教导我在转换工作领域后，心态上要做调整："虽然华谊在电影行业有一定的话语权，但电视剧仍然还是买方市场，咱们在面对电视台的时候，不能那么强势。"

我看着信，只觉心中无数委屈，满脑子都是自己四处疯狂招兵买马，夜里不睡觉看几十集的剧本，应付好几个制片人提出的各种要求，写方案写到腰肌劳损……

越想越难过，点击"回复"，洋洋洒洒写了一大篇，却终究没点"发送"。最后，我把鼠标滑向屏幕，全选，删除。只回了一句话：老板，我知道了，以后一定会注意。

几个月之后，华谊兄弟电视剧年度酒会隆重举行。我们把全国各电视台的高层请来北京，邀请了上百家媒体，公司许多艺人也都前来捧场。我整晚踩着高跟鞋来来往往，手里拿着对讲机，确保流程顺利进行。活动结束后，把高跟鞋甩在旁边，正光脚站在地板上跟大家聊天，老板走过来说："非常好的公关活动。"

第二天，他给所有人发了一封总结 E-mail，信的末尾写道："墨墨长大了，我很欣慰。"

2009 年年初，《风声》开始筹备，我也如愿从电视剧转回了电影。

　　这部戏前期有个"秘密小组"，成员只有三个人，老板、陈导、我。我们常一起讨论演员人选、营销思路。记得有一回，在位于东二环的富隆酒窖，见一位想合作的营销同行。我一个完全不懂红酒的土鳖，跟着他们喝了两三种很好的酒，席间相谈甚欢。离开前，老板招呼陈导带两瓶酒回家，站在架子旁边挑选的时候，忽然对我说："墨墨，我会慢慢把你带上红酒之路的。"

　　那一刻我知道，我们之间成为朋友的那扇门打开了。

　　不得不说，《风声》是又一次的破釜沉舟。几位主演全是自家演员，曾被外界打趣说是"华谊唱堂会"，而同档期的《建国大业》却有一百多个明星，让人眼花缭乱。为了杀出一条血路，从前期到后期，所有人一起较劲到了疯狂的程度，最终获得票房口碑双赢。直到今天，这部作品还被很多影迷奉为谍战经典。

　　2011 年 8 月，到华谊兄弟上班五周年。我给他写了一封邮件。

　　Dear 老板：

　　　今天五周年，我与华谊兄弟。

　　　无法用简单的言语形容五年来的成长，从头回顾，甚至不知从何说起。

　　　但我一直都爱那些单纯的电影人，心怀美好才能走到今天，这里面，也包括我自己。

二十三岁到二十八岁，时间一晃而过，还清楚记得当年的样子。重看老照片，那么多人来了又走，路过身边。

我会庆幸在这么久以后，自己对待周围的一切，还是足够简单纯粹；对于拥有的东西，能够心怀感恩。

在《风声》最艰难的时候，陈导曾经对我说："电影对观众是有情的，但对待它的亲人却往往无情。"

而心灵鸡汤是平复劳累焦虑的良方，很多次工作到深夜，感到孤立无援时，会想起你们的鼓励。那么多金玉良言，让我受用很久。

这几年的电影历程，很多次回想起来，是夜晚一个人搭出租车回家，窗外灯火阑珊，夜凉如水。

灯火通明的大厦在旁边迅速掠过，高处的霓虹越发绚烂，那就是现实与梦想的距离，虽遥远却踏实。一切一切，与电影有关，都那么精彩。

所有这些，感谢你们的信任、关怀、包容和理解。有你们的陪伴，我才能义无反顾走到今天。

今后的日子，愿我们享受更多关于电影的快乐。

朱墨

他是这样回复的——

　　其实你的年纪对我来说一直是个有趣的体验，二十八岁对你来说感觉已过青葱，可是我还是觉得你那么年轻。

　　你到公司时我一直认为你是个二十八岁的人（哈哈，不是说你长得老，是气质），但今天我依然觉得你很年轻，似乎是个魔术。

　　我也很感谢你五年来在华谊的每一天，我想在我接受访问时提到我的团队时那种趾高气扬都是你们给了我气场，我们共同经历荣誉、失败、挑战、进步。

　　希望你坚持你那颗电影心，我也想不含蓄地说，做电影，在华谊！

　　谢谢！

王中磊

　　2012 年年初，钮承泽导演的电影 LOVE 即将上映。这次的三人工作小组，变成了老板、豆导、我。大家常在深夜时还一起开会，讨论宣传方案。

　　这部片于情人节上映，首日票房超过 4000 万元，妥妥拿下单日票房冠军。那天我们正在上海宣传，凌晨时分，刚准备休息，忽然接到老板电话："快上楼来跟我们干一杯！"一开门，几个同事都在，挨个大大拥抱，香槟四溅……

电影是个充满魅力的行业，它的魅力就来源于它的不确定。你永远无法真正去计算。一起工作的七年里，我们经历过很多场酣畅淋漓的胜利，也经历过很多次不可回避的失败。所有这些一旦过去，就会被记载进历史里，而真正留在心间的，是那些不需言说的，只有同路人才懂的珍贵情义。

在伦敦读书期间，老板和冯导去伦敦工作，到那儿之后相约见面。异乡再相遇，如同亲人一般。我带他去热闹的 SOHO 区，吃了一碗日式拉面。相识这么多年，第一次由我买单。

2015 年的台湾电影金马奖，陈导担任评审团主席。颁奖典礼结束，必要的公关场合走一圈之后，最后一站是华谊的庆功宴。不大的火锅店里，《老炮儿》的主创们、来尽地主之谊的豆导、炙手可热的新人王大陆、刚拿下最佳动作设计的徐浩峰导演、所有人都崇拜的李安大导演，一拨拨电影人过来串门打招呼……我们几个坐在那里，感觉时光虽已溜走，但一切都没有改变。

2017 年年初，"想象力工业"发布会在京举行。在这个活动上，工夫影业与华谊兄弟联手发布五个电影项目系列：《狄仁杰》《画皮》《摸金校尉》《阴阳师》，还有最重磅的——黑泽明遗作《黑色假面》。

消息一出，震动业界。

在决定第五部作品到底是什么的时候，陈导给老板发了一条微信："我们要不要拍一部保证不会赚钱的电影？"

毕竟，电影不只是商业，还有电影人的传承和情怀。黑泽明六十多年电影生涯，这是最后一部正在筹备却没有拍出来的电影，那一年他八十八岁。如今，我们可以接下这份沉甸甸的使命，让大师遗作有机会在中国诞生，还有比这更好的传承和纪念方式吗？

华谊兄弟和工夫影业组成了我职业生涯的全部，在这里我认识了所有合作超过十年的伙伴。我不想说自己有多幸运，在年少时代遇到这样的领路人，他们带你去发现这个世界的宽广，让你知道人与人之间是平等且自由的，即使不再同行也依然可以是无间的伙伴，让你相信一时的挫折算不上什么，那些朴素的美好的愿望终有一天会实现。

我只希望自己可以像他们一样，把这些珍贵的东西继续传递下去，给每一个勇敢追逐梦想的清澈少年。愿我们都有宽广的胸怀，愿我们都对得起这世界的期待。

王中军 · 从送餐员到企业家

　　进华谊的第一天，就知道公司有两个王总，一个是大王总，一个是小王总。

　　这两个称呼在说出口的时候，总有种很有爱的感觉。王中军出生在 3 月 27 日，生日跟我只差一天。从性格上看，他跟同是白羊座的王中磊完全不同。小王总多数时候都温文尔雅，很少着急；大王总则多数时候都风风火火，很少温柔。

　　当年，华谊兄弟集团大部分的办公室都在丰联广场，包括广告、音乐、经纪等公司，大王总的办公室也在这里。电影公司则位于顺义郊区，在老板王中磊家别墅的旁边。我们大多数时间都是跟小王总一起工作，只在公司各种大型发布会、年底高管会议和年会时才会见到大王总。

　　有一年公司整体业绩平平，那年的高管会议上，王中军在开篇发言里说："今年不就是业绩不太好吗？你们别都一个个苦着脸，我们是做娱乐公司的，不要等到最后娱乐了别人，痛苦了自己！"大家像是被说到了心坎儿里，一瞬间掌声四起。

另一年，经纪公司老总发言时，反复地说："希望电影公司和各位电视剧制片人多给我们自己的演员机会……"王中军忽然站起来："你这个话我就听不惯，你应该想想怎么去培养更多的新演员，而不是跟别人提要求。再说了，你们这帮经纪人已经赶上好时候了，要不是因为运气好进了这个行业，你们能挣这么多钱吗？别老是想着别人应该怎么着，不想着自己多努力！"

王中军说话不仅像刀子一样锋利，而且特别喜欢说大实话。这在生活里或许是好事，不用绕来绕去，大家都轻松，但是在工作中可就不一定是好事了。尤其作为公司老板，经常要面对媒体，他的直白爽快就成了一个"定时炸弹"。

有一回，我安排某财经媒体采访他，记者问："华谊兄弟今年电视剧的业绩怎么样？"这是一个很笼统的问题，受访者当然可以笼统回答。他可好，公司拍了几部剧，每一部的总投资是多少，单集投资是多少，卖给了几家电视台，每家卖了多少，赚了多少钱，跟人家说了一个底儿掉。

我跟集团CFO坐在旁边，一边冒冷汗，一边交换了一个意味深长的眼神。采访结束后，CFO过来说："墨墨，拜托你跟记者沟通一下，那些数据就别列举得那么详细了。"他在旁边一副无所谓的样子："我又说多了吗？"

他这知无不言的习惯改不了，我们又不在一起办公，为了避免疏漏，一旦制定了某电影的营销策略，只要其中涉及需要保密的部分，老板马上就会条件反射地提醒我们："赶紧跟中军打个招呼。"

有了这个提醒，面对媒体时他就干脆什么都不说，简单省事。偶尔我们忘了嘱咐，就会冷不丁在报道里看到他特实在地说某部戏的导演是谁、主演是谁、讲了什么故事……这时候，我们就只好去改宣传方案了。

尽管这样的他会给工作带来一点小麻烦，但明眼人都知道，正是他的这种直接、坦率、果敢，帮助他成就了今天的事业高度。

很多年前，当他揣着在美国打工攒起来的十万美元回国创业，一步步把华谊兄弟广告做出成绩，并于1998年投身电影行业时，正是他的这种行事作风，奠定了华谊兄弟与冯小刚导演的合作基础。回忆起近二十年前的结缘，冯导总会说起他对王中军最初的印象："他跟别的投资人不太一样，别人一上来都是各种好听的话，但是轮到打投资款的时候就没影了，但是王中军一见面不跟你客气，说话也不中听，可他永远都是在约定日期之前就把钱打到剧组账户上了。"

除了冯导强调的信用，王中军还颇有冒险家的气魄。十年前的电影行业远没有现在这么火热，到处都是热钱。当时想要拍一部大投资的电影，如何凑足资金是首先要担心的问题。为了给出足够的预算拍摄《集结号》，王中军以个人名义担保，以电影版权为质押，贷款五千万元。据回忆，当时有银行的人去了他家里，评估房产价值，清点值钱物品，一旦电影投资失败，他要自己想办法偿还欠款。每天一睁眼就欠了几千万，但他完全没觉得是压力，而这把豪赌最终也取得了有里有面儿的胜利。

2008年，我从电影事业部转到电视剧事业部，跟他的接触反而多了起来，不管是发布会还是剧组聚餐，他都经常出现在现场。因为在那段时间的公司发展战略中，电视剧是很重要的一部分，王中军作为董事长，关心得比较多。

记得是在《艰难爱情》的小型庆功会上，我们坐在一桌吃饭，邓超送了一盆花给我，我问："这个东西好养吗？"王中军在旁边说："哎呀，这个最好养了，你放家里记得浇浇水就行。"说这话的时候，语气和蔼得我都有点不适应。席间，他对我们的工作提出了表扬，我也终于有机会见到他活泼亲近的一面。

2009年年初，电视剧宣传部的工作初见成效，公司正准备把我调回电影公司，有段时间我是兼顾两边的工作。《风声》在天津开机，有天他来探班，在现场看到我，马上问道："你不是在管电视剧吗？怎么会在这儿？"陈导在旁边半开玩笑地说："因为《风声》的前期工作太重要了，我们打算让她兼顾一下。"他点头道："那倒是，确实这部戏很重要，需要有人帮你盯着。"我的这个工作调动，也就算是通过了大老板的认可。

在电影公司开始承担更多重任之后，我被他批评的概率就大了起来。这一点他跟冯导很像。你责任越大，被训的概率就越大。那几年每次见到他，他的第一句话永远是："朱墨，最近咱们那部××宣传得不行啊，你们得再使劲啊。"我每次都马上点头承认，不解释。当然，十次里也有那么一两次他会说："朱墨，最近咱们那部××宣传得还不错啊，我周围好多人都跟我说了。"

他是一个有童真的人，这点跟成龙大哥很像。有一回，公司管理层去北京郊区做拓展训练，按照规则，大家要分成几个队伍，想出各自的队名，画出队旗，做出队歌，在画旗帜的环节，看着我们一群人在那里笨拙地涂来涂去，他非常嫌弃地走过来，嘴里说着："就你们这水平还好意思画画。"接着抢过画笔，三下五除二就画了一个大大的拳头，非常形象。听着周围人啧啧的惊叹和赞扬声，他淡淡地转身离去，留下一个很酷的背影，深藏功与名。

王中军学美术出身，这身本领一直都没放下。这几年，他跟冯导一起弄了一个逼格甚高的画室，平时冯导不拍戏的时候，两个人会在那里一起画画，颇有一种"采菊东篱下，悠然见南山"的感觉。

近几年，他经常会做一些画展，作品义卖所得款项会捐到华谊兄弟公益基金，用于在贫困学校搭建"零钱电影院"。2014年，他斥资3.77亿元购下了凡·高名作《雏菊和罂粟花》，一时间引发无数关注。大大咧咧地赚钱，大大咧咧地花钱，非常符合他的风格。

王中军平时都很严肃，跟他不熟的人都会有点怕他。电影公司每年都有重要的公关活动或晚宴，招待重要的媒体高层或记者，在这种活动上，两个王总一般总会有一个在场。

晚宴中，酒过三巡，我们会请老板去各桌碰个杯，跟记者们聊一聊。王中磊每天都跟宣传团队一起工作，对于很多细节和流程都非常了解，需要他出马时，我们一个眼神他就能懂，但如果换了王中军，我们就得派出一个代表，专门去跟他说这事："王总，咱们去跟记者们碰个杯吧。"

每当这时候，他的眉头马上就会皱起来，一脸不耐烦的样子，嘴里发出"啧"的一声，但与此同时，手已经伸向了自己的酒杯，人已经站了起来向记者们走去。久而久之，大家就知道他脸上的不耐烦只是一种惯性，其实需要他配合干的活儿还是会照办。

每年高管会议，他常会请自己的企业家朋友们过来"讲课"，比如马云、俞敏洪等。这些人都是演讲高手，又有极为丰富的商界经验，听他们讲一个小时比去上什么商学院强多了，他们的很多观点到今天都在影响着我。

比如马云的一段话：如果我的得力员工过来跟我说，老板，我不行了，我手上有好多件事情，实在是忙不过来了。这时候，我不会去帮他减轻工作负担。假如他手上有五件事，那我会再交代给他五件事让他去办。往往在这个时候，他才真正学会如何把工作分出轻重缓急，如何合理分配自己的时间，如何最高效地完成所有工作任务。

早年间，用王中军的话说："做娱乐的人在企业家那个群体里是不太被人瞧得起的。"人家觉得你有种不务正业的感觉，做娱乐、做电影，这算什么正经生意吗？况且以前的国内电影市场跟现在完全没法比，一整年的票房冠军不过几千万的时候，做电影赚的钱跟人家做实业、做房地产的怎么比？

即使环境如此，他也在很早以前就已经结交了很多企业家好朋友，比如柳传志、俞敏洪、江南春等。这其中最令人津津乐道的要属他与马云的交情。早在 2006 年，马云就已进入华谊兄弟董事会，2008 年成了公司副董事长。当年两人之间惺惺相惜，源于一句简单的对话。马云问王中军："做华谊兄弟，你是想挣钱，还是想做中国的时代华纳？"王中军回答："我想做中国的时代华纳。"

2009 年华谊兄弟成功上市，成为"中国娱乐第一股"，王中军向他的朋友们证明了自己的实力，也兑现了诺言。那一年，不仅大股东们跟着一起赚了钱，公司也拿出很高份额的原始股，奖励给管理层和服务多年的普通员工。不管是司机还是助理，只要是在公司工作年头够久，大家都有份。

华谊兄弟每年的年会都有"打土豪"的优良传统，顾名思义就是让公司很多导演、演员、大领导捐钱出来，给员工们当奖金分掉。每年捐得最慷慨的自然就是王中军，他要是觉得哪个有钱人给得小气了，还会站出来打抱不平，说你要是这样的话，你剩下的那些我给你补上，这样一来，对方也就不好意思了。这两件事足以证明，有能力赚钱又有胸怀去分钱的老板，才是真正的大老板。

有一年，我跟他一起去外地参加某个颁奖典礼，到酒店之后，服务生帮他拿着行李送到了房间，一进门他就跟我说："朱墨你有没有十块钱，帮我给那个小孩。"这个小细节让我印象深刻，后来我想，或许这跟他年轻时的经历有关系。二十几岁的时候，他去美国留学，大部分时间都用来打工送外卖，还自嘲说，十几岁时在部队做过侦察兵的经历，帮助他把外卖送得更快，每天在有限的时间内多送几家，小费也就多赚一些。

如今的他出现在公众面前时，举手投足都是大人物特有的自信，很多人已经不会记得，他是多年前在美国一天工作十几个小时，每天到家之后要把两条腿抬高到桌面上，"让全身的血好好回流一下"的那个中国外卖员。

从收小费变成给小费的人，那份同理心一直都在。这很珍贵，也很可爱。

徐克·永不退休的大侠

2011 年，美国《时代周刊》评出年度十大佳片，《狄仁杰之通天帝国》排名第三。在此之前，它在 2010 年入围了威尼斯电影节竞赛单元，又在当年国庆档拿下近 3 亿元票房，这一切都在昭告天下——徐克导演王者归来。

在此之前，《七剑》《女人不坏》《深海寻人》连续三部不算成功的尝试，让坊间纷纷开始讨论"徐克是否江郎才尽"这个话题。尽管在我们从小到大的观影记忆里，有那么多经典的画面和奇幻的想象都是由他创造，可一旦到了舆论面前，再伟大的神话也有可能被质疑。

我对徐克导演的印象，始于 2005 年的大学生电影节。

那时候电影还都是胶片，外联部的同学负责接收各个片方送来的拷贝。有一天，我陪外联部的师姐一起等在电影资料馆门口，老远就看到一个大胡子男人怒气冲冲地走了过来，一见面就劈头盖脸地说师姐没跟他讲清楚地点，害他为了送拷贝辗转来回，浪费了他的宝贵时间。

"你们知不知道，我是这部电影的导演？！你们就这么接待我吗？"一通抱怨之后，他把拷贝丢在我们脚边，扬长而去，留下我和师姐两人面面相觑。两个刚刚开始接触这个行业的小孩，留下了大片的心理阴影，难道电影圈的导演都这样？

这之后没几天，我所在的学术部负责举办两场重要的活动。其中一场就是徐克导演《七剑》的见面会。要迎接大导演的到来，组委会上上下下都严阵以待。尤其是我们这些没见过世面的小朋友，都在想象徐克到底会以怎样的排场出现。

正想着，旁边的师姐说，徐导来了，比我们通知的时间早了很多。大家齐齐往门口望去，看到徐克导演下了车，仙风道骨地走了过来，旁边只跟着一个人，后来我们才知道那不是他的助理，只是内地发行公司临时派给他的一个工作人员。老师和外联部师姐先把他们迎进了休息室，对当天的活动流程做了简单介绍，他没有提出任何意见。过程中一直彬彬有礼，跟每个人微笑致意。我心想，大导演也不是很可怕的呀。

那天活动中，徐克导演有问必答，台下的同学们都特别激动。活动最后，我们的一位师兄上台，跟徐导一起合唱《沧海一声笑》，台下也跟着一起唱，气氛很热烈。见面会结束，刚好是午餐时间，外联部的同学依照惯例询问，是否需要我们协助在某个餐厅订位，这时候徐导演说："你们中午有工作餐吗？"我们说："有啊。"

"那我就跟你们一起吃就好了。"

我们有点愣住，跟他旁边的同事确认了一遍，真的不需要去外面吃？

得到的回答是："不用。"

大家瞬间手忙脚乱，因为平时工作和吃饭的地方都在艺术楼一间小小的办公室，房间也就十多平方米，由组委会的几个部门共用，里面挤着三张办公桌，好几个柜子，到处都摆着密密麻麻的文件，加上在办公的同学们，平时总是一片狼藉，现在徐克导演竟然要去那里跟我们一起吃盒饭？

正犹豫着，徐导已经开始上楼了。

到了乱糟糟的办公室，他随意扒拉出来一片地方坐下，同事给他拿了一份盒饭，他就津津有味地开始吃。于是，我们这群看他电影长大的小粉丝，就这样非常幸福地跟大导演共进了一顿工作餐。

刚开始，我们都不知道该跟他聊点什么，他倒不时问我们几个问题，对这个由学生运作的电影节很感兴趣。聊了一会儿，大家都放松下来，开始厚着脸皮跟导演求合影了。徐导来者不拒，放下筷子就拍。

吃完饭之后，徐导带着工作人员上车离开，赶赴下一个工作地点。留下一群小朋友在办公室里意犹未尽，后来我们把这个小故事讲给了很多人。跟大家说，原来真正的大导演是这样的。

　　2009 年，在考虑《狄仁杰之通天帝国》的导演人选时，陈国富监制提议邀请徐克导演。那时的他正处在舆论的风口浪尖，但陈导认为："除了徐克，我想不出哪个导演可以把这部电影拍到超乎想象。"

　　就这样，四年以后，我有了与徐克导演一起工作的机会。

　　开机后不久，我们带着媒体去横店探班。根据电影剧情，武则天在登基之前，为了树立自己的权威，要在洛阳城建造一座高达六十六丈的通天浮屠。为了展示这尊大佛庞大的内景，而不是全用电影 CG 来做，剧组在横店包下了一个几千平方米的摄影棚，在里面搭出了大佛的一部分构造，包括通天柱和运转升降梯等，外观则是电影中呈现的大佛眼睛，管中窥豹，可见这部片的场景有多么宏大，记者们数度被震撼到目瞪口呆。

　　这部片还有另外一个重要场景，在片中被称为"鬼市"。剧本如此写道：从周武王建都洛邑开始，洛阳城已超过千年。其间汉代旧城因地震塌陷，隋文帝重建新城，加覆其上，旧城逐渐掩埋，地底却四通八达，通往全洛阳！知晓门路的牛鬼蛇神，就在地底翻云覆雨……是为"鬼市"。

　　当初在选景阶段，我跟大家一起去过，那是当地的一个溶洞，去的时候是夏天，外面穿着短袖都热，进了里面穿着羽绒服都冷，这么一个神奇的地方，竟然被剧组给找到了。

　　开拍之前，剧组在溶洞里进行了精心搭建，用整整两千吨水灌注成了片中需要的样子。在这样一个内外温差极大的地方拍戏，其困难和艰苦程度可想而知。大家对于里面的地形并不是很熟悉，加上所有地方都灌上了水，人很容易踩空掉进水里。徐导也没能幸免，据说整个拍摄过程，他掉进水里不止一次。

正是凭借这样的想象力与执行力，才让《狄仁杰之通天帝国》完全展现出唐朝的奇诡魔幻，获得了开篇所提的那些荣耀。

《狄仁杰之通天帝国》的营销过程中，我们跟徐导开过几次会议，其中大多数时间是在讨论电影素材。他对于宣传策略和步骤没有太多意见，但对于素材有很清晰的想法和坚持。在这方面，他跟冯小刚导演、陈国富导演的风格类似。不像某些导演，根本不知道自己想要什么，只会一味否定团队提出的方案，让执行团队非常崩溃。

徐克导演在素材方面总会给出非常清晰的要求，表达方式也都直接、细致。记得有一次，他为了表达预告片中火焰的理想包装效果，拿着正在抽的一根雪茄，一次又一次地把烟灰吹掉，让我们看那个火焰的质感；又有一次，为了表达自己喜欢的海报标准字方案，他直接在电脑上打开一张图片，刚巧是一只小猫，他随手打了一句 Cat is very soft，然后用 Photoshop 调出示意，素材团队一下子就清楚了。

我当时负责的是宣传，就像前面提到的，徐导对于这部分的工作都很配合。没有那么多叽叽歪歪的意见，也没有一大堆无理要求，跟他合作我们只需要专注工作本身就可以，这是很幸福的。

徐克是一个非常有表演天赋的导演，从年轻的时候到现在，他经常会在电影里客串角色。他的表演天分在宣传工作中也有很大帮助，尤其是在拍杂志的时候，总是非常轻松就给出摄影师无数个pose，在工作现场上蹿下跳，毫不拘束。安排他拍照，常常可以提早收工，比起其他导演的内敛，他总是可以超额完成摄影师的图片需求。

徐导还有一个常人无法企及的本领，那就是精力极度旺盛。他拍戏的时候，可以一整晚一整晚地不睡觉，二十四小时连轴转地开会，重点是他的大脑可以一直保持清醒，旁边各个岗位的年轻人都扛不住东倒西歪地打盹了，他还可以神采奕奕地再聊上几个小时。

有次拍摄杂志间隙，他接受编辑访问，说过这样一句话，我到现在还记得——"如果你想找一个永远好玩、不想退休的工作，那就是电影。"

2011年，他拍摄了《龙门飞甲》，拿下5.6亿元票房。2013年《狄仁杰之神都龙王》上映，我参与了前期的营销工作，后来在伦敦看着它票房冲向6亿元，与有荣焉。回国那年贺岁，被朋友邀请去看《智取威虎山》的提前放映，当天晚上这部电影的好评就淹没了微博和朋友圈，上映后果然拿下9亿元票房。2017年春节档的《西游伏妖篇》，以 16.5 亿元再度刷新他的个人票房纪录。

　　记得当年，《狄仁杰之通天帝国》首映发布会上，梁家辉曾满含深情地对导演说："我永远珍惜每一次与你闯荡江湖的机会。"如今"狄仁杰系列"的第三部《狄仁杰之四大天王》已经杀青，这句话也是我的心声。

冯小刚·六爷的骑士精神

　　看完《老炮儿》首映那晚，堵在北京拥挤的车流中，我忽然在想，现实生活中的冯小刚，如果没有成为这样一个大导演，应该就会变成胡同里的六爷吧。

　　与他相识十二年，工作七年，这人从来就不耍什么大人物身段，他的作品、生活、一言一行，总是真实地呈现在大家面前。那种真实有时甚至令人瞠目结舌，必须得倒吸一口凉气才能面对。当你试着把他这些真实切开来，就会看到剖面呈现的不同样貌，有时愤怒得像块爆炭，有时又温柔得猝不及防。

　　就从电影说起吧。

　　《一九四二》有场夜戏，讲的是一大群饿疯了的灾民跑到地主家打砸抢。那场戏场景调度复杂，涉及主演众多，拍到后半夜，大家已经精疲力竭，以为快要收工的时候，导演忽然从监视器后起身，冲到几个群众演员面前——

"张开嘴！"

别人都没看出来，但他发现了——群众演员们的牙齿忘了化成黄的。

"这他 × 是什么情况？！梳化组都他 × 是干什么吃的？！"

梳化组组长当场被吓得面如死灰。导演的监视器设在"地主家"的厨房里，那里门框低、门槛高，他在厨房进进出出大骂起来，所有的人大气都不敢出一口。

正骂着，只听"当"的一声，他的头狠狠撞在了门框上，整个人被撞得后退好几步。全场傻眼，一片静默。

最终，由于无法重来一遍，只能补拍一些特写镜头作罢。

后来剧组转到了山西，拍摄灾民逃荒的大场面。为了表现刘震云在原著中写的"前不见头后不见尾"的逃荒队伍，有场戏需要动用航拍。

拍摄当天，特效爆破团队埋好了一千米的炸点，一千多个群众演员整装待发，十一台摄影机遍布各处。就在此时，现场刮起了大风。航拍团队忧心忡忡，一直在努力进行调试。几遍试下来已是下午，再耗下去天光就没有了，导演有点着急："怎么还没准备好？"

终于，一声令下，飞行器起飞。逃荒的灾民前进起来，国民党军队反向而行，全片所有的明星大腕儿，淹没在两个蜿蜒不绝的队列中。身上有戏的演员尤为紧张，一旦有任何疏漏，所有人、车、马回到原位就要一两个小时，而所有炸点重新铺设要花上一天时间，所以这场戏，不容出错。

拍摄完毕，航拍素材被送到了导演的帐篷里。噩梦还是发生了。

由于空中风大，飞行器难以控制，悬停时不稳，直线走得不直，拍下来的画面都是抖动的。

帐篷里的空气瞬间凝固。只见冯导摘下帽子，用力挠了几下头，突然如箭一般冲了出去，当着七八百个工作人员、一千多个群众演员的面，声嘶力竭地咆哮起来。

"这他 × 拍的是什么？！技术不行就别随便答应，事到临头掉链子，以后还怎么相信你们……"

如果此时把镜头拉远，你会看到冬季的荒野上，几千人正在围观一个气得要爆炸的人。那个人的身影，有点悲壮。

你以为他只对剧组的人严苛？错。

《非诚勿扰》里有个葛优舒淇在餐厅吃饭的场景，要植入某银行卡的镜头。合约规定要给卡一个特写。剪辑室里，他怎么看怎么觉得别扭，希望拿掉这个特写，但广告公司老总希望保留，毕竟人家客户给了一大笔钱。

僵持间，他指着屏幕问广告公司老总："你觉得这个镜头放这里真的好吗？"

广告公司老总平时跟他私交甚笃，没意识到他的情绪已经非常紧绷，轻松说道："好啊！"

"好"字话音未落，冯导一把抓起旁边的茶杯，朝地板用力砸了下去："你们根本不尊重我的作品！如果换了别的导演你们敢这样吗？将来电影上映了，观众骂的不是你们，是我！"

茶杯触地的一瞬间，剪辑师眼疾手快护住了键盘，其他人都被吓成了木鸡。只有导演助理默默走上前来，帮他擦溅了满身的水……

那么你以为他只对作品本身严苛？又错。

2010年夏天，唐山市体育场，露天草坪上坐了上万名观众。《唐山大地震》回到唐山举办首映，其意义毋庸多说。

电影开始放映没多久，银幕上忽然出现了一道光。

观众还没注意到的时候，站在场边的冯导已经暴跳："怎么回事！那道光是哪儿来的？王中磊呢？我找王中磊！！！"周围的同事们吓掉了魂，自动分成两拨以光速散开，一拨去寻找光源，另一拨去寻找老板。

冯导把手里的对讲机摔在地上，捡起一块石头，冲着远处光源的方向用力砸去："你们快把这个灯找到！把电线给我剪断！！我×！！！"老板急匆匆地走过来，上去一把将他抱住："好了好了，市政府已经在找了，小刚，你冷静！"

后来才搞清楚，前一天彩排和设备调试，离体育场非常遥远的那盏灯并没有亮，谁想到放映时会忽然亮起来。好在唐山市政府也是电影的投资方，收到消息之后马上行动，在最短时间内找到并切断了光源。

所以你看，工作疏漏，他会怒，技术不行，他要骂，捧着钱来的金主，他不屑，现在，连不知道哪里来的一道光，他都要把它砸掉。

所有这些与电影有关的较真，大家都从媒体上了解过不少。在搜索引擎里打上"冯小刚"三个字，自动关联出来的字眼，不是"炮轰"就是"发飙"。不过，作为跟他工作最久的宣传人员，我倒是见过他不为人知的温柔一面。

十多年前，小影迷初见大导演，是他到北师大出席见面会，当时我在大学生电影节组委会，正好负责这些活动。坦白说，那个见面会对他并没有太多利益上的帮助，反倒是对需要大腕儿增加人气的电影节而言，他的支持意义非凡。虽然没啥帮助，他还是愿意捧场，是出于仗义。

这个由大学生投票评选奖项的电影节，根本不管当年评论界对冯式喜剧的微词，总是高票将冯导选为"最受大学生欢迎导演"。第一次拿这个奖，他在台上是这么说的："我们家的徐帆老师曾经拿过大学生电影节的最受欢迎女演员奖，这总让我觉得在家里没地位。今天拿到这个奖，我就想说一句，徐老师，从今天起，我也'最受欢迎'了。"

从那之后，他几乎每年都留出时间参加颁奖典礼，后来还帮学生短片竞赛担任过评委会主席。这对经费有限、连明星的机票钱住宿费都给不起的组委会来说，是雪中送炭般的支持。更难得的是，这炭年年都送。

有一年他甚至在颁奖现场呼吁："希望那些大明星大导演给这些孩子个面子，他们坚持做这个电影节不容易，你们只要有时间，能来就尽量来。"组委会的同学们听了这番话，全都感动得不要不要的。

研三那年，我去了华谊兄弟工作，为冯导的电影做宣传。只是怎么都没想到，跟他的第一次聊天，竟是他为我打抱不平。

那是《集结号》的宣传期，他去电影频道录节目。第一次单独跟他出通告，我内心有点紧张。当天我早早到达现场，请编导准备一个烟灰缸，泡一杯红茶，这是那时刚学到的"冯导通告标配"。

把导演接到化妆间，我刚打算往外走，他忽然说话了："哎，朱墨呀……"我惊了，才来公司几个月，他怎么知道我的名字？

"那个 ××，他怎么能这么说你呢？一个小孩为了这个片子努力干活，他觉得哪里做得不好可以教你，但是他不能平白无故打击人家工作积极性啊！这么干事可不行！"

我愣住了。他怎么知道的？

前不久，公司某高层在工作邮件当中公开质问我，为何某个工作表格没有经过他确认就发给了大家，言语中透着威吓。那时我刚迈入职场，对公司内部状况还没搞清楚，奉一位领导之命做完行程表，就直接发了出去，没想到会因此得罪另外一位领导。收到信之后，只觉大脑一片空白，颜面扫地。

这封信被抄送给了一大堆人，刚好导演助理也在其中。他应该是这么知道的。化妆间里的那几句话，点燃了我这个职场菜鸟心中的火把。特别暖。

那年冬天，《集结号》在上海做了一场宣传活动。结束后直接去机场，刚巧只剩我俩同行。车里空调开得很热，我就把羽绒服脱了下来。到地方下车，我左手拎着包和电脑，右手夹着羽绒服，还拖着一个行李箱，看起来颇为狼狈。冯导下车后，从后面急匆匆跑过来："朱墨，我教你个办法……"说着把两个包搭在拉杆箱上，又把我的羽绒服卷起，塞到拉杆与包之间，"这不就轻松多了吗？"

到了办理登机的柜台，我们舱等不同，他招呼我去他那边 **check in**，一手抢着接过我的行李箱，放上了传送带。手续办完，登机牌递给我，这时的他，分明是个训练有素的父亲。

可惜的是，随着我在公司逐渐升职，这些关照和待遇也跟着慢慢消失了。

很早以前，同事就曾开玩笑说，冯导在宣传阶段遇到问题，第一反应总是"中磊呢？"，等何时他第一反应变成"朱墨呢？"，就说明你是个独当一面的人物了。

果然，随着我的职位越来越高，被冯导批评的概率也越来越大。平时最怕接他电话，接了八成就是劈头盖脸一通训斥："你们怎么把官网上的资料都写错？！""这次发布会流程安排得不好，我们在台上特别干，说到后面都不知道自己在说什么了！""怎么能说这片子里有娱乐元素，简直就是愚蠢！"诸如此类，不绝于耳。

在各种宣传活动的现场，他也开始皱着眉头问"朱墨呢？"，那感觉实在让人压力山大。每次同事传话过来说"冯导找你"，我都能感觉到自己心惊肉跳的。很多时候甚至希望自己还是那个刚进公司的小孩，因为弱势可以被体谅，现在当上这个鬼宣传总监，反倒一直被骂。

骂归骂，等电影上映结束了，他又总是张罗着请大家吃饭喝酒，抽奖发钱。稍微喝得高点，还会冷不丁送上一个大拥抱："辛苦了，墨儿！"

出国读书之前，我负责宣传的最后一部冯小刚作品，正是《一九四二》。

这部电影他魂牵梦萦了二十年，其间数度启动又数度搁置，都是因为审查。他曾在《我把青春献给你》里写道："这样一部影片如果处处都要妥协，即使拍出来也会失去它应有的意义……愿上帝给我们信心和足够的智慧，耐心地等待。衷心祈祷，'一九四二'在我们的有生之年得以温故。"

2012 年，这部电影终于完成拍摄，锁定的是 11 月底的档期。

定剪之后，为了通过审查，导演忍痛进行了很多次修改。即使这样，一直等到 11 月初，依然没有拿到通过令。所有人都心急如焚，大家几乎做好了再次被毙的准备。

为了找回当时的准确记忆，我挖出一台旧手机，翻到了跟冯导的短信记录。2012 年 11 月 2 日深夜，我发："导演，刚从老板那里收到过审通知，太高兴了，耶！"次日凌晨，他回："刚忙完，长出一口气。"

影片公映几个月之后，在中国电影导演协会的颁奖礼上，他凭借《一九四二》获封"年度导演"，在台上讲了这样一段话——

"中国导演协会二十年了。二十年前，我还是一个三十五岁的小伙子，二十年之后，我已经是一个五十五岁的小老头了。时间过得特别快，真像做了一场梦。

"这二十年，每个中国导演都面临着一个巨大的折磨，这个折磨就是审查。一个导演写一个剧本，挖空心思绞尽脑汁去想一句有意思的台词，再把故事放在一个和我们的命运相关的大背景里。审查说，这个词儿你得改，这个背景你不能提。很多时候，我们拿到那个意见，就是啼笑皆非、匪夷所思！当你为了通过审查要把片子改得不好的时候，那种折磨……

"但是，这二十年，大家怎么就坚持下来了呢？我觉得只有一个理由，就是这帮傻子太爱电影了！"

这是一场公开直播的颁奖礼，所有导演都眼眶发红集体鼓掌，暗自想着，这家伙说出了自己想说却不敢说的话。

反正，他就是这么一个喜欢对抗权威，有什么就非要说出来的性情中人。就像那个溜达在胡同里，见到不平事总要管一管的六爷，最后即使拼了老命也要单刀赴会，去跟对方论论理。前几天读书，看到在中世纪的欧洲，骑士受封之时会宣读一段誓言，其中有这样几句：

I will be kind to the weak（我发誓善待弱者）.

I will be brave and against the strong（我发誓勇敢地对抗强权）.

I will fight the all who do wrong（我发誓抗击一切错误）.

…………

赫然发现，不管是社会底层的六爷，还是功成名就的冯小刚，原来他们都在善待弱者，对抗强权，抗击错误。面对这个平庸的世界，他们无法做到睁一只眼闭一只眼。他们只会用自己笨拙的方式去暴跳如雷，去对抗这个时代的冷漠与得过且过。不管周围的人是暗中窃笑，还是热烈鼓掌。

就像《老炮儿》最后，六爷在冰面上发出的无声怒吼，看似来自冯小刚的口，其实来自每个人的心。只是很多人没有勇气拿起那把武士刀，冲到对手面前拼命罢了。

陈国富·
每个人都是独立的

人人都有死穴，我的死穴是家庭。

几年前，为了妹妹的人生选择而苦恼，背后种种复杂故事细枝末节无法尽数，但出于保护家人的本能和强迫症的性格，我走入了难以自拔的情绪低潮。当时爸爸妈妈妹妹交替不断打电话给我，每个人都有各自的主张，我站在哪一方都能理解，但又永远无法真正解决问题。

那段日子白天一接到这种电话就头疼，晚上一夜一夜地睡不着。终于有天撑不住了，写信给陈导倾诉，把跟妹妹之间的通信也一字不落地贴了过去，不久，我收到这样一封回信——

你对家人死而后已的忠诚实令人抚案叹息再三。

你的推理递进清晰，文笔通达，同样的论点相互叠加看起来洋洋洒洒，但你的信更多是在分析你妹妹的问题，然后我发现她每个单项罪名，都可以回到同一个罪名。你妹妹的罪名是什么呢？

她不是朱墨。

但是你要知道，她没做坏事，没违背良善风俗，这是我们对一个人的最高和最低要求。如果她觉得爱情是那么重要——不管这爱情是一时或永久，真坚或虚幻——以至于这爱情重要过任何人生规划、艺术表达、亲疏远近，那也是她独立人格的表现。你可以骂她没志气，但注意，志气也是天生的哟，包括在你强调的基因里。我倒觉得你们家基因分配得蛮可爱的，一个为事业进取汲汲营营，另一个一谈爱情就昏了头，老天对这些有很深奥的安排。

你爱你妹妹，首先要接受她，然后量力帮助她。她的人生是她的人生，不是你的。你的长篇义正词严，虽然那么精彩，其中有些段落几可媲美易卜生的女人出走宣言，但，这跟你妹妹的人生有什么关系呢？她从小一直在做她自己的选择，往后也将这么一直抉择下去——'我其实一点不在乎金钱，不在乎大城市小城市，我一直都是在乎感情的'。她的一句话，能抵消我们的一万句。你的建议我相信她都听明白了，她无力反驳（谁能反驳呢）。但我相信在成长的某个阶段，她曾努力地尝试了你的期许，她尽力了，但她只能做她自己。

收到这封信之后，我的眼泪几乎是从眼底飙了出来，忽然觉得自己面目可憎：你凭什么觉得自己可以站在道德制高点上去批判别人呢？

回顾与陈国富导演相识这些年，我发现他一直在潜移默化地告诉我们一件事：无论怎样的出身、地位、财力、能力，每个人都应该是独立的、自由的，值得被尊重的。

初到华谊兄弟上班的时候，公司通讯录里的"陈国富"三个字看起来颇为神秘，刚入行的我并不知道这个"总监制"是干啥的，只能隐隐感觉这是一位很厉害的"大官儿"。

第一次跟这个神秘人"接触"，是 2007 年的大学生电影节，公司有一部片子入围，但导演、主演、老板都因为各种原因不能到场参加颁奖礼，忘了是哪个不开眼的建议我："如果你们老板不在，那你就让你们公司除了老板之外最高位置的人去参加呀。"我非常老实地翻开了通讯录，找到了排在"总裁"下面的"总监制"，按照上面的手机号码拨了出去。现在回想起来，仍依稀记得听筒那头错愕但平静的声音："我可能不太适合，因为我不是这部片的监制，也没有参与这部片的具体工作，所以要麻烦你们想一下其他人选。"

挂断电话，我心想，原来这个人就是陈国富。不久以后，跟同事说起这件事，对方瞪大眼睛，好像我做了一件很二的事情。这时我才后知后觉，直接打电话给他本人是多么莽撞，而这位"大官儿"并没有因为我是个小屁孩就置之不理，不仅如此，他还认真说明了自己不能参加的理由。

初进公司，我负责的工作是为电影撰写新闻稿。刚离开学校的研究生，写东西的风格总像在写评论文章，拿出的稿子常被嫌弃"太学术""不够新闻"，但那时并没有人指点我到底应该如何修改，只能对照原来的范本去摸索，压力很大。几个月后，冯导新作《集结号》开机，这部电影极受公司重视，我写的稿子终于有机会抄送给陈导，在他回给我的信里，我发现 Word 文档中都以修订格式显示了修改意见，旁边还批注了改动的原因。在他的指点之下，我逐渐摸到了写稿的方向和窍门。

上班之后的第九个月，我的新闻稿第一次被陈导称赞，尽管只是短短一句"这篇写得不错"，也让我高兴了一个星期。有天晚上，我收到他的邮件，说是正在为《集结号》的人物海报琢磨 slogan，让我也一起想想，有什么点子可以随时发给他，这让我受宠若惊。我自认不是一个很有创意的人，文字能力也不特别突出，但陈导居然让我一起提 slogan，这是莫大的肯定与鼓励。

我那天晚上饭都没怎么吃，一会儿翻剧本，一会儿上网查资料，绞尽脑汁为每个角色编出了一句话，怀着忐忑的心情发了出去。深夜，回信来了："采用了你的大部分想法，有些也给了我启发。"看了看附件中他润色后的版本，显然比我的初稿要精进很多。现在在网上搜索"《集结号》人物海报"，依然还能看到当时我们"合作"想出的七条 slogan。

说到这儿，忽然想起黑泽明导演在自传《蛤蟆的油》中，曾写到他的老师山本嘉次郎："提出批评不难，但是，提出批评的人能够按照自己的批评意见亲自把剧本改好，这却不是普通人能做得到的事。"显然，不管是新闻稿还是剧本，陈导一直都是身体力行的。与他合作十几年的编剧张家鲁说："通常是我写完一个版本给他看，他不是光看，还会动手修改。我觉得有些地方他改得真的很不错，但是有些地方我很难同意，便偷偷再改回去，他再看就能发现我其中的坚持，我们两个人就这样暗地里往复多次。剧本创作很难说谁对谁错，可能有的趋向市场，有的背离市场。在这方面他蛮有包容空间的，当他发现你的坚持有价值的时候，就按照你的方式来做。这一点对跟他一起工作的后辈来讲，非常棒。"

"《集结号》宣传语"之后，我们在工作上的沟通变得频繁起来，而我在面对工作时的优点，诸如反应迅速、逻辑清晰、肯吃苦等，也通过他的眼睛慢慢被更多人发现。有时聊完正事，我提到一些工作和生活里的困惑，他都会给出直截了当或循循善诱的回答，从来不会流露出不耐烦或"关我屁事"的反应。当然，这种诚挚态度并不是他给我这类小屁孩的专享福利，面对再大的人物时也是如此。这里有个段子。

某次，公司正筹拍一部大片，请来一位大师级的香港导演洽谈合作，陈导是监制。开会前，陈导跟编剧张家鲁驱车去接那位导演。上车后两位大导演坐前排，张家鲁坐在后排。此时，香港导演突然问了一个关于北京生活的简单问题，结果，陈导沉默以对。

车子往前开，过了一个红绿灯。沉默依旧。

车子继续往前，第二个红绿灯也过了，一片死寂。

车子里气氛很僵，那种感觉就好像陈导觉得对方的问题太傻，以至于懒得回答。鲁哥坐在后排都要急死，心想怎么说人家也是知名导演啊……他几乎想跳出来代为回答的时候，车子开过了第三个红绿灯，陈导总算开口，而且一说就是一套，一二三四五分析了个透彻。

鲁哥回忆说："哦。原来他在思考。当时可把我给急坏了。事后想想，在日常生活中，我们经常出于社交压力，在第一时间给出敷衍的答案，对方也许感觉泛泛，但基于礼貌也就不再回应。于是双方所言皆以废话居多，沟通等于无效，真相依然飘在空中。当然，这方面我并不想向陈导学习。若没有相当强的心理素质，是学不来的。"

2008年，受公司之命，我从电影事业部调去了电视剧事业部。这对我来说是个巨大的转变。记得搬工位的那个下午，我钻进桌子底下拔各种插座，头发乱糟糟地钻出来，那副德行刚巧被陈导路过看到。之后我因为听到同事一句"墨墨就要彻底去电视剧那边啦"而躲去洗手间里哭，正满腹委屈，忽然收到短信："你刚才的样子非常狼狈。"我扑哧笑了出来，扯下一条纸，擦干了眼泪。

调岗之后举办第一次发布会，因为业界生态的不同，现场有些不可控的混乱。嘉宾站在台上霸住麦克风一直不肯下来，台下记者嗡嗡嗡地聊天看热闹，老板见怪不怪，我在台下却如坐针毡。活动结束后，我又不争气地哭了起来，发短信给陈导说觉得太丢人，他回了一句："今天丢的人，以后在电影上找回来。"

在电视剧事业部工作了大概一年之后，陈导的《风声》进入了筹备期。彼时已经视他为偶像的我，对这部电影极为期待，迫切希望参与。将这个意愿不断地表达之后，他开始带着我参与一些前期筹备工作。老板也在不久之后通知我，可以寻找继任人选，准备回到电影公司。因为通过一年的工作，我已经从零开始建立了电视剧宣传部，理顺了与各制片人合作的流程，培养团队的同时，自己也从一个执行者成长为一个领导者。

对此我欣喜若狂地跟陈导报备，他轻描淡写地发来："有时候弯路才是好路。"

前段时间，我们一群人一起吃饭，大家突然回忆过往，我说起自己从电视剧转回电影的奋战经历。他若无其事地说："当时是我建议让你去电视剧试试看的。"听了这句，我刚放进嘴里的一块肉，啪嗒掉在了盘子里。

《风声》工作进入中后期，我的位置成为风口浪尖。当时他赋予我的职责超出了我的经验和能力范围，让我作为这部电影宣传的总窗口，对接公司内部的制作与发行部门，同时负责与外部营销公司及好几组经纪团队的沟通工作。过程中，我不断受到各方质疑和投诉，不管是公司内部的同事，还是公司外部的合作伙伴，每天都能生出一些让我吃不了兜着走的事，每一件事在当时似乎都难以解决。我的压力大到每星期必然崩溃一次。这其中一个很大的心理负担，就是总听到别人说"朱墨怎么那么跩""态度怎么那么差"，为此，我每天都提醒自己，不论见到什么人，都一定要有礼貌，见到领导要叫"总"，见到同事要说"您"。任何话说之前，任何邮件发之前，都要思量再三，生怕一句话不合适又把人得罪了。这样谨小慎微点头哈腰的日子过了不到一个月，我觉得自己快要成神经病了。

第二天，去找陈导诉苦，他没有对我的"痛苦"发表任何看法，只是笃定地说："我们这行业，一切都是看结果。你人再好，做不成事也没用。不用纠结于别人对你的评价，不如把时间、精力放在提高自己的能力上，这才是真正有价值的。我告诉你，没有一部好电影在工作过程中是其乐融融的，不管是前期还是后期，一定是煎熬不已、斗争不断的，就这样最终才可能出来一个好东西。"

我不能说听了这番话，笼罩在心头的乌云瞬间散开，再也不管人际关系，但起码，之后可以更加认定低头做事的重要，这对我来说是莫大的解脱。各项工作并不会因为谁说了什么就变得容易，这把"尚方宝剑"带来的更多是心理暗示，让我知道自己该往哪个方向成长，就这样，我几乎是使尽浑身解数撑到了最后一刻。

《风声》首映的那天晚上，陈导带着制片人陶昆、编剧张家鲁、剪辑肖洋和我一起去了蓝色港湾附近的一家日餐店，在那里，平时滴酒不沾的我，第一次跟大家一起喝到了醉。醉眼蒙眬中，耳边不断响起顾晓梦那段令人泪下的台词："我身在炼狱留下这份记录，只希望家人和玉姐能原谅我此刻的决定，但我坚信你们终会明白我的心情。我亲爱的人，我对你们如此无情，只因民族已到存亡之际，我辈只能奋不顾身，挽救于万一。我的肉体即将陨灭，灵魂却将与你们同在，敌人不会了解，老鬼、老枪，不是个人，而是一种精神、一种信仰……"

无论如何，我通过这个项目了解了自己，也验证了自己。在那之后，内外的质疑声慢慢减少，我也通过一个个随之而来的工作挑战，逐渐积累起了更强的自信心。

2013 年，我决定出国读书。跟陈导说起这件事时，我正掰着手指算伦敦这一年要花掉多少钱。他淡淡地说，钱花在这种事情上，才是最有意义的。买房买车那些，都太无聊了。我听完，用力地点了点头。

其实我的金钱观，也完全受他影响。很多年前，有次在他办公室谈话时，他说过一段话，我至今记得很清楚："朱墨，这辈子属于你的钱，已经放在那里等你了。你只需要练好你自己的本事，等着它们出现。我二十几岁时还窝在台北郊外山腰的矮房里，每天只看书，没收入，还要受家里人的接济。这么大了还要花家里的钱，应该觉得没面子，但我丝毫不以为忤，从来没怀疑过自己的抉择……"

　　进行这场对话的时候，我每月的工资四千块，交完房租所剩无几，但我还是非常乐观地期待着未来。生活用事实证明了陈导的观点。我这个毫无背景资历不足的小孩，在上班第三年就收获了价值百万以上的原始股。这简直是做梦都不敢想的好事。从那之后，不论是在工作期间面对外界高薪诱惑，还是花掉全部家当负债出国读书，又或者是回国之后重新开工，收入都不是我考虑问题的第一要素。因为我深深知道，独立的人格，真正的心安理得，还有对理想的追求，它们才是高贵的、无价的、难以被金钱宰制的。更何况，"属于我的钱，就在未来等着我"。

　　前些日子跟肖洋闲聊，说起几个最近正在被陈导破格"试用"的人，其中不乏有明显弱点之人，我俩先是忧国忧民，聊着聊着却忽而释然，肖洋说："墨墨，你不要忘了，我们当年也都是被破格提拔的。张家鲁在跟着陈导写剧本之前，在台湾新闻主管部门当公务员；我不是电影科班出身，刚回国的时候连正经工作都没有；常松当年在老家就是个小混混儿，来了北京不过就是个销售；你呢，一个北师大普通研究生，刚上班的时候天天打扮得那么土……我们不仅没有什么资历和背景，甚至每个人都有这样那样的缺点，但也许正是这些缺点，在他眼中构成了我们每个人独特的、宝贵的东西。"

　　毕竟，电影圈另外还有几个耳熟能详的名字，乌尔善、杨庆、魏德圣、钮承泽、高群书、林书宇、苏照彬、程孝泽、汪启楠、田里……他们都有一个共同特点，就是在电影路上与陈导的碰撞，大家都拿出了不错甚至令人惊艳的成绩。用张家鲁的话说："陈导在看人这方面的超能力，让我总怀疑他是不是会看相。当然，照他的说法是直觉发挥作用，再加上缘分，两相结合就走到一块了。"

　　文章开头陈导那封回信，里面其实还有一段话，是这样说的："今天我们讨论任何人的任何人生可能，都要先接受他，接受他是什么人。我们必须先接受他，因为他是一个独立的人。他如何体现独立，其定义不能由别人来下，能下定义的只有他自己。"

　　这就是多年来我在陈导身上学到的，最简单、最朴实，也最珍贵的道理。

十年职场，过程中许多辛苦和委屈，早已被当时的泪水冲刷掉，留下的是深深的感恩，感谢命运让我有机会通过努力，写下不用修改的无悔青春。

Chapter 4

活出不用修改的
青春

每个人都是独立的

虚荣使人进步

人生中，因虚荣心而受挫的时刻，你一定有过。

回想起来，最早对这种情绪有印象，要追溯到中学时期。那时候，我们全家刚刚从农村搬到县城。原本小学时期，我一直是全班家庭条件最好的，时不时就有新衣服穿、新书包背，但到了初中，情况就不同了。爸妈是普通教师，工资除了维持生活，还要攒钱买房子，给我买新衣服的频率就越来越低了。

那是一九九几年的时候，在小镇女孩的眼里，有两类东西是非常时髦的，一是刚刚兴起的李宁运动鞋，二是电视里眼花缭乱的洗发水广告。班里有几个同学家里很有钱，她们率先穿上了白白的李宁鞋，用潘婷、飘柔、海飞丝洗后的头发也亮闪闪的。在当时，一瓶洗发水十多块钱，还是有点奢侈，更不要说一双运动鞋就要一两百块。

对此，我一直在心里默默羡慕着。这大概就是最早的虚荣心。

用"名牌"洗发水的愿望，很快就实现了，毕竟单价不高。可是李宁运动鞋，是一直盼啊盼啊盼到了上高中，才终于得到一双，算是考上重点高中的奖品。白色底、绿色条纹，生怕蹭脏，只要脏了就马上刷干净，用吹风机吹干，第二天接着穿。时间久了，外面一层布都被刷得起了毛。到了快高三的时候，总算买了第二双，白色底、淡紫色条纹。绿色条纹得以退休。

上大学之后，家里经济条件好了很多。在中等城市读大学，生活消费不太高，爸爸每月给我五百块，可以过得很好。到北京读研以后，每月生活费涨到了一千元，也过得蛮滋润，周围虽有个别有钱的同学，但只存在于别人的议论里。可是后来发生了一件事，对我产生了不小的刺激。

研一的冬天，导师说传媒大学周末有个论坛，值得去听听。那天，跟室友们一起早早起床，走到积水潭地铁站，转了很复杂的线路才抵达。一整天的论坛结束，已是傍晚，大家一起吹着冷风往地铁站走的时候，旁边"唰"地开过一辆白色轿车，同学说："快看！那是 ×× 的车！"

大家不禁发出啧啧的赞叹声，我却感觉被当头泼了一盆凉水。同样是同班同学，为什么别人能在这冬天的晚上开着车绝尘而去，自己却只能吹着风去坐地铁呢？我没让旁人看出脸上的失落，心里却暗暗给自己鼓了劲——总有一天，我要用自己赚来的钱，买一辆属于自己的车。

这是因为虚荣心定下来的第一个"小目标"。

刚到北京的时候，对于各种名牌毫无概念，连什么是奔驰什么
是宝马都搞不清楚，认识诸如 LV 和 CHANEL 这类奢侈品牌，已
经是几年以后的事了。那时网上流传一个小故事，说某个著名时尚
主编，在实习工资只有八百元的时候，就已经攒钱买 LV 了。对此，
舆论一面倒地都认为这人太过虚荣，诋毁之词颇多。

可我觉得，目标就是目标，没有什么高低贵贱之分。"攒钱买
名牌包"和"努力考上大学"，只要是靠自己的努力，合理合法地
去达到，达到后能带给你快乐，这两者在根本上有区别吗？凭什么
"买名牌包"就不能是个光明正大的目标呢？

那时候，我每月工资六千块，正是工作量爆棚，每天忙得如火
如荼的时候。有天忽然想，不如等着下次涨工资以后，送自己一个
名牌包做礼物。一年后，进公司的第三年，升任电视剧宣传总监，
月薪七千五百元，买第一个名牌包的愿望得以实现。

那是一只 LV 的中号 Neverfull。之所以选它，我进行了认真的
调查研究。

首先，这个包大约五千块，价格还算承受得起。其次，刚开始
买名牌包的阶段，都喜欢带品牌 LOGO 的，我也没能免俗。第三，
这是当时的新款，有次带着电影主创去拍杂志，看到主编和编辑都

背着一个，容量够大，可以装很多东西，样子也好看。

包包拿到手之后，很长一段时间里，我几乎每天都背它出门，还兴致勃勃地跟好姐妹们分享："原先觉得 LV 的棕色花纹好丑，可是现在发现它有一个神奇之处，就是几乎可以搭配任何颜色和款式的衣服。怪不得这个色调会成为经典，被品牌沿用一百多年。"

关于名牌包，有一种理论很流行。大意是说，如果你背着名牌挤公交坐地铁，即使是真包，看起来也像假的，而如果你天天开着豪车出门，即使背个 A 货也会被认为是真的。这未免有点庸人自扰。只要你自己开心，知道它是真金白银买来的，是认真送给自己的礼物，每天看着它开心还来不及呢，管别人的眼光干吗？

之后，我决定每年都买一款喜欢的包送给自己。它们带给我的，除了虚荣心的满足，更多的是鼓励，是对自己辛苦工作的奖赏，这种小小的仪式感，是自己与自己的秘密。

在定下买车"小目标"的六年后，我拥有了自己的第一台座驾，一辆红色沃尔沃 S40。

那是 2010 年，华谊兄弟上市一年后。我们持有的原始股得以解禁，卖掉股票之后，我给了爸妈一笔钱，带着全家去旅行了一趟，又请几位好姐妹一起旅行了一趟，对自己的奖励则是这匹小红马。我到现在还能清楚记得，第一次把车开回老家的时候，家里人开心和骄傲的表情。

　　2013 年举债出国读书，回国后赶紧工作赚钱，慢慢还清欠款。和大哥那本书的出版，给我带来了额外的收入，再加上公司的薪水和分红，到了 2015 年年底，账户上开始有了比较好看的数字。

　　北京那个冬天特别冷，小红马已经是几年前的旧款，没有座椅加热功能，每次有朋友搭车，坐在副驾驶上总会哆哆嗦嗦念叨："好冷啊！你这车开好几年了吧？赶紧换个新的！"关于这个问题，也不是没想过，但总觉得意兴阑珊。

　　钱要怎么花才有意义？肯定是花了之后让自己特别开心，特别有成就感，那才有意义。现阶段，自己换辆车开，并不会觉得多高兴。那什么事情会让自己开心呢？有了！给妈妈换辆车。

　　妈妈家这几年开的是辆日产小轿车，十来万的价位，一直想换辆越野，刚好我的钱派上了用场。至于爸爸那边，他人生最大的乐趣就是收藏古董，工作以来，我三不五时地支援他一些资金，尽量不让他错过心仪的东西。

　　我们这代人的父母，他们出生在动荡的年代，物质贫瘠也好，丰厚也罢，谁不曾是个有理想的年轻人？那个时候比今天更不允许出现异类，所有人都是按部就班结婚生子，凭借自己的努力，给孩子提供了一方天地。孩子长大后，大多数都不在身边，他们能参与的世界越来越小，有些甚至彼此都谈不上了解。其实最能让他们有成就感的时刻，无非就是在街坊邻居中间，分享自己的孩子做了些什么。考了一百分，上了不错的大学，给家人买了合意的礼物……

你可以说，这是父辈的虚荣心，但这也是人之常情。作为孩子，我们在很多方面不一定能满足他们的期待，也许你不能很早结婚生小孩，也许你不想去做他们期待的稳定工作，也许你不能与他们分享自己每时每刻的生活。我们能做的，除了多给他们打电话，常常回家之外，就是尽量满足他们在这方面的虚荣心了。

如果小时候，爸妈可以省吃俭用很久，就为了让我穿上心仪的李宁鞋，那么今天我也可以勒紧腰带，给爸妈送上一份他们需要的厚礼。这种反哺，是中国人特有的伦理，也是最朴素的让父母开心的方式。

在百度百科里，"虚荣心"是这样解释的："虚荣心是人类的一种心理状态，无论古今中外，无论男女老少，贫富贵贱者皆有自尊心，若自尊心扭曲后即为虚荣心。虚荣心是一种扭曲的自尊心，它是自尊心的过分表现，它是一种追求虚表的性格缺陷，它是人们为了取得荣誉和引起普遍的注意而表现出来的一种不正常的社会情感和心理状态。虚荣心表现在行为上，主要是盲目攀比，好大喜功，过分看重别人的评价，自我表现欲太强，有强烈的嫉妒心等。"

我们从小就被老师和家长教育，不要虚荣，要脚踏实地，但我想说的是，没有虚荣心，何来努力的动力？如果自尊心是好事，那虚荣心为何是坏事？现实条件是有限的，如果我们想要追求更好的生活，就不能一味地怨天尤人、不思进取。我们要去感受内心深处的每一个需求，只要它符合基本的道德观，不触犯法律，就应该正视它、接受它、想方设法地实现它。

我不能说自己买车的动力完全源于读书时的那次刺激，但不可否认的是，那次的经历对我起到了正面的作用。它让我更加确定，如果家里没有权势背景、没有足够的经济条件帮你在北京立足，就必须要靠自己来实现对生活的追求。这让我更加义无反顾地认真工作，希望以此带给自己和家人更好的生活。

我们每天都要让自己变得好一点，再好一点，去学习、去打扮、去减肥、去赚钱、去旅行……不管是自尊心还是虚荣心，不要让它单纯地折磨你，而要让它转变成动力，让它促使你实现所有目标，再去尽情体会那种成就感吧！

百无一用是人脉

"人脉"这个词，我们每天都会听到不止一遍。

它时时刻刻通过很多人的嘴，彰显着自己的重要。

早在上学的时候，这个概念就已深入人心。同学们为了加入学生会、入党、拿奖学金、评优秀毕业生等各种事情，努力去结交前辈和老师，不惜送礼来经营所谓的人脉。进入职场以后，周围的人更是不断灌输，这让我在很长一段时间里，也以为这件事情很重要。

好在，所处的行业是最赤裸裸的名利场，在这里，有万众簇拥的明星名流、有高楼大厦和香车美女、有数不清的晚宴和 party，距离这些东西越近，就越容易发现，很多事情不过是镜花水月，一番幻象罢了。我所见过的最假惺惺的场合，往往都是出现在这些光鲜亮丽的地方，最假惺惺的事，也往往发生在那些光鲜亮丽的人身上。

或许是性格里有着某种疏离，我常常站在耀眼的闪光灯背后，注视那些站在舞台中央的人和围绕在他们周围的人。注视不了多久你就会发现，这个世界很现实，当你是个无名小卒时，很少会有人来关心你的感受，但当你有天站上高位时，又会发现身边忽然出现了很多"朋友"。

多年前，在公司某部电影首映礼后的 After party 上，已经完成工作的我，躲在沙发的一角，观察着来来往往的人们，大导演、小导演、大明星、小明星、大记者、小记者、大老板、小老板、大经纪人、小经纪人……大家都在寻找自己的位置。当然，相比之下，肯定是"小"系列的处境会相对尴尬一点。

"大"系列的周围永远围着一群人，有些"小"系列成员很想凑上去，但又不得其法，运气不好的时候，还可能会遭遇冷脸或白眼。可惜每个人心中都有一个"人脉梦"，都盼着能在一场活动上多换几张名片，多扫几次微信，多留一些联系方式，多聊几场天，多认识几个人，仿佛只有这样，明天才能拥有更多机会。

也是在那天晚上，我决定以后除非有工作任务，否则不再参加任何 After party。那之后经历的几十场首映，我总是在主创见面会结束，审完要发的稿子和图片之后，就悄悄溜回家。After party 不是我的舞台，工作本身才是。

假如你是一个无名之辈，即使你有全中国所有大咖的联系方式，你给对方打电话发短信，也不会得到任何回复。假如你是一个"有用之人"，你不需要有这些联系方式，别人也会主动找上门来。在这个现实的社会，你对别人"有用"，那就是你的价值。

记得我刚在华谊当上宣传总监时，忽然觉得周围人的态度变了，其中尤以各种经纪人和艺人的表现最为明显。甚至会接到明星本人的电话，那头毕恭毕敬地说："墨姐，××片宣传的时候麻烦您多带着我点。"那时年纪小，一度为此沾沾自喜，觉得很有面子。后来才慢慢发现，人家给面子的不是你这个人，而是你这个职位。

有两个词语说的是世间的凉薄，一是"人走茶凉"，一是"过河拆桥"，这些我都经历过。

从电影宣传转到电视剧宣传后，有些"朋友"似乎消失了踪影，再转回电影之后，他们又出现了。有个一线女明星，对我的微博是加完关注又取消，取消之后又关注，我听说时只能哑然失笑。还有一个经纪人，艺人不红的时候对你百般套近乎，艺人稍红一些之后，对你捅起刀来毫不手软，全无当年情分。

现在说起这些往事，已经云淡风轻，但当时还是被狠狠震动了三观。小时候爸妈的教育，都是让你以真心待人，并没有学到如何与虚假相处，长大后只能靠自己找到一条路，慢慢学会区分什么是真什么是假。

　　刚开始工作那两年，常常把"华谊兄弟"挂在嘴边，觉得是一面旗帜。后来慢慢懂得，公司是公司，你是你。如果在别人眼里，你永远是"华谊的朱墨"，说明你还远远不够强大，也难怪别人会对你态度闪烁。等什么时候你自己是一面旗帜了，周围一切自然就不一样了。到那时，不仅你不再需要去积累什么人脉，可能你早已升级成了别人心中的人脉。

　　想明白这个道理的时候，就不会再抱着已有的成绩沾沾自喜，而是开始思考自己真正的价值。决定出国读书，也是希望在过惯了安逸生活之后，再让自己重新燃起挑战的勇气。

　　UCL 电影研究硕士，帮我添加了一枚漂亮的标签，它证明我在三十岁"高龄"时，依旧拥有强大的学习能力；跟成龙大哥那本书的出版，帮我添加了另外一枚漂亮的标签，原来我不只可以做宣传，还可以写东西。回国加入工夫影业，尝试去做公司管理，得到了大家的认可。现阶段，开始学习独立制作项目，不再满足于背靠大树好乘凉，希望能再挖掘自己更多的潜力。

　　所有这些，是发现人脉无用论之后，衍生出的积极效应，它让你更加专注于自身的强大，不再过度关注他人。

　　那么，怎么让人脉这东西发挥真正的作用，创造真正的价值呢？

　　我想起成龙大哥讲过的一个小故事："小时候我很穷，没有好的衣服穿。有一天，街上有个神父在派送衣服，我很开心地凑过去，远远地看着那些衣服，心想穿在自己身上该多好。排队领到衣服之后，我不停地跟神父说谢谢。神父对我说，不要谢我，以后当你有机会去帮助别人的时候，你一定要去帮助他们，那就是对我的感谢了。"

那时的他，还只是一个到处帮人做苦力的年轻人。多年以后，他走上了华人明星成就的巅峰，成为无数人心目中最强的"人脉"，而他每天坚持在做的，是通过慈善去帮助别人，不知多少人因此获益，得以改变人生。我想，这才是"人脉"的终极意义吧。

或许我们现在还没有能力做"大规模"的慈善，但起码可以对身边的人更好一点。当你有幸成为别人眼中的人脉时，不妨多拿出一些耐心和精力帮助别人。如果你体会过找工作的困难和挫败，那可以多帮年轻人提供一些工作机会。如果你经历过被破格提拔的幸福，那可以多去破格提拔别人。如果你在新人阶段受过很多冷眼，那就对刚进职场的新人客气一些、和善一些。你在工作中碰过的壁、翻过的船，可以多去提醒别人尽量避免。

说到底，与其挖空心思经营人脉，不如挖空心思经营自己。有朝一日，如果能发挥自己的力量帮助到别人，那才是体现价值最好的方式，你也一定会因此得到巨大的快乐。

以貌取人是美德

小时候盼着过年，常常是因为盼着新衣。

年三十晚上，吃过团圆饭，就会满怀期待把新衣摆出来，期待第二天穿上它们去拜年。冬天那么冷的天气，平时早上总是会赖床，唯独大年初一这天，有了新衣服做动力，一醒就会立马起来。

那时在村子里上小学，班里有同学会穿打补丁的衣服，我的家境稍微好些，爸爸妈妈有工资，平常会给我买些新衣服，这样的日子就像节日一样。现在回想起来，脑袋里还有很多画面。

一次是爸爸带我到保定的商场买裙子。刚走近柜台，我就相中了一条白色公主裙，肩膀处的袖口轻轻飞扬起来，脖间有个黑色纱底缀着红黄两朵花的蝴蝶结，裙摆处用不同质地的白纱做出了层次。我对这条裙子一见钟情，爸爸见我这么喜欢，马上买了下来。后来，这条裙子果然吸引了很多羡慕的目光。

还有一次，忘了是哪个亲戚送了些旧衣服给我，其中有一套 T

恤加短裤，是很男孩气的夏装。妈妈一直说好看，让我试穿，我十分不情愿地穿上之后，照着镜子很不高兴，嘟着嘴，觉得很丑。在我当时的概念里，女孩在夏天就应该穿裙子，为什么要穿这种男孩才穿的短裤？最后妈妈拗不过我，那套衣服就收了起来。

初中时，全家搬到了县城。班里有几个家里有钱的同学，总在换新衣服，我在旁边看着特别羡慕。可惜跟爸妈要求买新衣服，并不是每次都能如愿，常常一个人憋着生闷气。好像对那时的我来说，新衣服就是全世界。

我上高一时十三岁，身高不到一米五，穿的衣服大多还是童装，在别人眼里就是个小孩。周围那些成熟漂亮的女孩，开始有很多男生追，看着人家那么受欢迎，我觉得很羡慕，羡慕之余还生出一丝烦恼。爸爸有天说，我觉得你穿网球裙会好看。他从保定买来了一条橙色网球裙，我配上白色运动鞋，再绑上高马尾，照照镜子，还不错嘛，整个人又自信起来。

高三的时候，我决定在服装风格上转型。坚决不再穿童装了。自己去市场买了几件很成熟的衣服，还买了一双有几厘米鞋跟的凉鞋。人设忽然改变，很多同学都不习惯，我倒自得其乐。

上了大学，成熟风一时没刹住，弄得有点过头。那时总爱穿一件很长的黑风衣，踩着十厘米的高跟鞋在校园里走，刚上大一就被很多人以为是大三的师姐。大学期间，爸爸每个月给的生活费，很多都被用来买了衣服。

来北京读研，生活费涨了一倍，买衣服的钱更多了，特开心。那时经常跟同学们去新街口买衣服，逛的都是一些小店，对当时的我来说，去 ONLY 或 VERO MODA 这样的店买衣服，已经算非常奢侈，除非有重要场合，不然不舍得去。比如后来面试华谊兄弟穿的衣服，就是精心购置于 VERO MODA。

到公司上班之后，认识了一个好朋友玚玚。俩人慢慢相熟之后，她经常开玩笑说："我记得你上班第一天穿了件特别鲜艳的红衬衫，我当时心里说，好土啊。"确实，那时候我的发型是千年不变的低马尾，到了冬天总是穿一件特别长的深红色波司登羽绒服，在别人眼里就是个十足的土妞。

以上是"小镇女青年时尚品位变迁史"的前一部分。

我造型上的彻底改变是从 2009 年开始的。

那年，朋友介绍了一个发型师，把我一头长发剪成了短发，看起来像是变了一个人。发型工作室旁边，刚巧有一家韩装小店，老板娘随便抓了几件，搭在我身上竟然非常合适。发型和着装改变之后，我似乎开了窍，逐渐找到了适合自己的风格。

有次开完工作会议，几个人跟陈导闲聊。制作部同事小杨说："最近我已经遇到两次类似的情况，都是某导演过来问我，刚才开会的那个女孩是新来的吗？长得不错。我说，导演，那是朱墨啊！"陈导略带赞许地表示："朱墨这段时间是整个 package 都有改变的。"

受到这次鼓励之后，我开始花更多心思研究搭配，也越来越认识到，在职场上，能力很重要，人品很重要，外形也很重要。

看美剧《广告狂人》，在跟重要客户提案之前，整个公司从老板到创意总监，从行政主管到私人秘书，都要把最体面的行头穿上，发型妆容一丝不苟，一字排开站在会议室里，严阵以待。第一次见合作伙伴，当然希望给对方留下好印象，这是对彼此的一种尊重，也是真正的专业精神。

直到今天，看到一件漂亮衣服，买到一个时髦新包，依然能开心好一阵子。每天打扮得体地去上班，去跟那些优秀同行谈工作，在各种场合中代表公司形象，这本身就是一种享受。更重要的是，你知道自己并不是个绣花枕头，你有行业经验，有生活阅历，被同行尊重，被伙伴信任。

"以貌取人"这把剑，其实还有另一面。

我身边有一些成功女性，她们并不是美女，有些外貌很普通，但这并没有影响她们实现自我价值。经过多年观察，我发现一个规律，只要不是纯粹靠脸吃饭的行业，外貌普通的女孩反而更容易获得成就。

为什么这么说？先举一些反例。

混迹职场这些年，身边不乏各类美女，不管公司里的同事也好，行业里的同行也好，我发现一些美女有个共同特点：她们知道自己的美，也善用自己的美，她们把得到的所有东西看作理所当然，但又因为得不到一些东西怨天尤人。

一桩小事，一个简单请求，一件需要别人配合的工作任务，假设两个女孩能力相当，一般情况下，长得漂亮的姑娘付出六十分努力就可以做到，长得普通的姑娘可能要付出七十分甚至八十分。十件事情过后，"漂亮姑娘"会习惯于付出六十分努力，"普通姑娘"可能会习惯于付出七八十分。

长此以往，"漂亮姑娘"会越来越懈怠，在偶尔碰壁的时候，会表现出失望、沮丧，甚至愤慨，而"普通姑娘"会越来越努力，在得到意外之喜时，会表达出成倍的善意及回报。这就是恶性循环与良性循环。

不信的话你可以观察一下周围，是不是很多美女更加缺乏安全感，对自己的生活有着更加不切实际的要求，在达不到目标的时候，她们往往会有更多负面情绪。有个朋友曾经说过一句话，我觉得很有道理，"人世间最痛苦的，就是你与想象中的自己之间的差距"。这种痛苦，漂亮姑娘品尝得可能更多些。

说到底，多亏如今这个时代，美的定义已经很宽泛，想变美也有很多途径。应该感谢这个以貌取人的世界，它让美貌的人们赢在了起跑线上，同时也给了普通人更多的机会。

　　不管你觉得自己外表如何，不要放弃经营它。要让你的外表和内在一起，为你的人生开出更多美丽的花朵。

上位要欺硬怕软

开始这篇之前，先讲个小故事。

多年前，某电影宣传期，女主角是某二线明星，以前没合作过，不清楚其风格。某天在发布会后台，同事跟她说一件需要配合的小事，因为该同事说话的方式毕恭毕敬、战战兢兢，结果换来女明星一个白眼，意思大概是"你凭什么来直接跟我说话，去找我的工作人员"。

过了会儿，另一个同事过来，直接叫女明星的名字："××，你来签一下海报。五分钟之后准备出发。"女明星非常爽快地答道："好的！"

我在旁边观察，发现了其中的窍门。这两位同事都不算"高层"，过去跟女明星也都没打过交道，但正是因为前者太过恭敬，反而让女明星摆起了架子，而后者对她说话方式平等，她也自然而然地用平等方式回应。

平时我的工作风格比较接近后一位同事，可能正是这种横冲直撞的方式，反倒让很多人习惯性地让我三分。从心理学的角度看，这正是某种微妙的相处之道。

每一个身处职场的人，都要面临两种关系的处理。一种是与上司，一种是与下属。刚开始上班的时候，我们需要面对的大多是前一种。

从小到大的成长环境中，我们总习惯于对老师和领导唯唯诺诺。大家都不愿意去做那个不一样的人，毕竟老话有云，"枪打出头鸟"。不过，根据我的经验，在工作中能够勇于发表意见，甚至勇于发表与上司不同意见的人，更容易被上司注意到。前提是你提的不同意见是有道理的，而不是单纯的哗众取宠。当然，这世上一定有大把唯我独尊、听不进任何不同意见的领导，如果你恰巧碰上了，可以早点考虑换工作。

在职场里，老板常常要担负一个任务，那就是拍板。下属给了A方案和B方案，各有各的优缺点，这时就要老板给出定论，定论背后匹配的是责任。也就是说，假如事情不如预料的顺利，那也是你作为老板的决定哦，跟我没关系。可老板毕竟不是超人，他不能确保每个决定都是正确的，这时候就非常需要有经验且有担当的下属与他一起讨论、研究、决定。他甚至欢迎更好的不同意见，让自己的决定更保险。

还有一种情况，人总是容易在冲动之下做出一些不理智的举动。如果刚巧冲动的是你的上司或老板，你有责任站出来阻止他。我的工作中很多时间都在跟导演打交道，这些艺术家各有各的脾气，也各有各的弱点和天真。有些人很情绪化，在气头上没人敢去惹，这就是他们可能做出错误决定的时候。假如你有胆量在这时站出来，帮他分析局势，提供建议，哪怕是跟他唱反调，一开始会引起他的反感，等他冷静下来之后也会明白你是客观的，是对的。时间久了，他会感激你。

2012年9月，《十二生肖》前往多伦多电影节，那时香港正在爆发"反国民教育"游行，一些明星也加入了支持队伍。

每当这种时候，总会有激进的网友把矛头指向成龙大哥，抨击他为何不支持港人的抗议行为。这次又不例外，上飞机之前，微博上已是一片讨伐之声。虽然我本人对这次游行比较反感，但是出于本职工作的敏感，我很担心下飞机之后大哥被问到相关问题，他以一贯大咧咧的方式作答，不管说的是什么，都会让这件事情变成国内报道的重点，那我们万里迢迢来到多伦多，电影宣传的"风头"就完全被抢走了。

那时我跟大哥还不熟，并不确定是否可以直接与他讨论此事，但我只有飞行途中这段时间可以利用，下了飞机他马上就要面对媒体，再说什么就来不及了。经过短暂考虑，我决定跟大哥谈一谈。

听完我的想法之后，他认真地对我说："其实按照我的性格，我根本不会管这些。这几十年来，我经常给人家骂，不红的时候骂，红的时候也骂，已经被骂习惯了。那些无理取闹的指责，我不想管，也管不过来。这一次，因为你跟我说了，我理解你在宣传上的考虑，等到了媒体面前，我会听你的，不做回应。但其实我根本不需要为了别人高兴不高兴，来决定自己要怎么说话，怎么做事。"

这番谈话结束，我在心里轻轻舒了一口气。

还有一次是跟冯导开会，汇报《一九四二》的营销方案。当时我们已经拿粗剪做了普通观众试片，并且从调查问卷中收集了几个比较集中的负面意见。我把这部分内容也放进了方案中，并且针对每一条负面评论，给出了营销层面的建议。

也就是说，我们要在冯导面前一条条展示观众的负面评价。对一位导演来说，这好比指着他的小孩说，他这里长得不好看，那里不太健康。严格来讲，在这之前，我们在营销方案中也没有做过此类尝试，大家颇有一些心理压力。为了避免导演不高兴之后"殃及"其他同事，那次的方案由我负责讲述。没想到的是，讲完之后冯导着重夸奖了负面口碑管理这部分。

以上说的是"欺硬"，其实就是要随时随地保持独立的人格和态度，不要因为对方比你位高权重，就不敢发表自己的观点。你对面越是大人物，你越要"毫不畏惧"地讲出你的想法，不要担心对方一时没面子或不开心。真正的大人物，都是非常聪明的，他们会懂你的价值。

下面讲"怕软"，那就是如何与你的下属或后辈相处。当你逐渐有了自己的团队之后，他们就是你最坚实的后盾和依靠。作为一个领导，如果不能把自己的下属牢牢 hold 住，那一定不是个成功的领导。怎样算是牢牢 hold 住呢？可以总结为以下几点：

第一，要把自己的"毕生所学"一五一十地传授给他们。

有句老话叫"教会徒弟，饿死师父"，所以师父教徒弟的时候都会留一手。这一点，我从根本上就不认同，尤其当今这个时代，由于信息之发达，传播之快之广，除了那些玄之又玄的高科技，没有什么东西是真正的独门绝技，你不教，人家也能学会。况且还有一个最简单的道理，作为一个领导，只有你的下属能帮你承担更多工作了，你才能真正轻松起来，腾出精力去做更多的事，才有可能获得更多的提升。

我带团队的方式，是手把手一点一滴地教。

就拿宣传工作中最基本的写稿来说吧。我会把他们交上来的每一篇稿子做详细的批注，说明这样写不够好的原因，建议修改的方向，颇有一种批改作业的感觉。这样多次往返再加上当面讲解，大家的稿件能力自然就提高了。

我也会非常关注大家在谈工作时的说话方式。有很多话，你这样说是一个意思，那样说又是一个意思，我们要站在自己的立场上把事情讲清楚，提出该提出的要求和条件，又做到有理有据，滴水不漏。很多时候，我会逐句地教大家对外谈判的话术，逐字地改大家工作邮件的行文方式。这种做法让下属压力很大，觉得话都不敢说，字都不敢写了，但时间久了，他们就会体会到这种培训的好处。

第二，要为大家争取最大化的利益。

作为一个团队领导，一定要在自己能力范围内，尽量帮下属争取最好的薪资待遇。大家出来工作，说得俗一点是为名为利，说得崇高一点是为了理想。无论是为名利还是为理想，回到日常的生活之后，都逃不开每天的柴米油盐。谁不希望自己的日子过得宽裕一些呢？所以，当你买得起万元级别的名牌包时，起码要让你的下属买得起几千块的包。只有理想和利益的共同体，才是最稳定的共同体。

第三，要保护自己的团队不受委屈。

这一点要做到很难，毕竟工作中遇到的状况千变万化，事无巨细，一不留神就有可能被冤枉、被误解，甚至被毁谤。也正因如此，作为领导，当你在下属受了委屈的时候第一时间挺身而出，为他仗义执言，为了他去跟别人吵架，他们会感到团队真正的温暖，对集体的归属感也会更强。

第四，荣与共，辱自扛。

都说"一将功成万骨枯"，确实，很多时候我们都面临一种情况——事情的功劳是领导的，出了问题就是下属的。当你是下属时，你一定讨厌这样的领导，那就一定不要让自己变成这样的领导。

实际上，如果你的团队工作成绩好，即使你不跳出来邀功，老板也知道功劳有你一份，这时候你再把具体的执行人推到台前，在老板面前狠狠地夸上一通，只会彰显你的领导风范。当然，出了问题的时候，一定不要很孬种地把责任推到下属身上，要勇敢地站出来承担责任，承认是自己的失职，这不会让你掉一块肉，也不至于让你面临什么信任危机，只会让你与你的团队更加亲密无间，老板也会认为你是一个有担当的人。

所谓"上位之路"，总结下来就是要"欺硬怕软"，把自己的团队当作立身之本，因为只有他们能陪你一起面对困难，扛过压力，而在领导、老板、大人物面前，切忌失去独立意识，要时时刻刻提醒自己，勇于发表观点，对抗权威，勇于去当出头鸟，去坚持正确的东西。只有这样的你，才是真正有价值的。

有种捷径叫自虐

我有个优点，就是对自己够狠。

当年高考失利，回到学校复读，一年时间提高了九十五分，是我靠十六岁的小身板每天只睡四五个小时换来的，至今我都怀疑自己长得不高跟这个有关。考研的经历前面已经写过，也是天天不睡觉疯魔了一样地拼。工作之后，经常周末不休息连轴转，不仅不觉得辛苦，还觉得很兴奋。在考试和工作之外，还有几个小故事，可以作为自虐的案例分享给大家。

先从学英文说起。这件事是现代社会很多人心里的痛，我也曾经深受其扰。

在前面的文章里，考雅思的过程被我轻描淡写成——"一个月里，有一半时间还在工作，另一半时间闭关，完成了这些内容：十天雅思培训课程、所有市面上出版过的历年真题、一份新东方内部词汇表和三份口语材料、一本四级单词书、一本雅思单词书、一本语法书、一本口语书、一本写作书、四十篇作文练习。5 月成绩揭晓，7 分拿到手，单项均过 6。阅读拿下 8.5 分，只错了两题。"

真正的过程显然不会像看起来这么容易。我的英文基础并没有多厉害，好在雅思考试自成体系，可以按照它们考试的逻辑来学习。这对于我这种临场发挥型选手是好事，它意味着只要你下苦功，就有机会拿到想要的分数。

在集中发力之前，我先报了一个新东方的雅思周末培训班，每天早上七点上课，一直到晚上六点才结束。已经十来年没有那么连续早起过，五六点闹钟响起那一刻总有想撞墙的冲动，挣扎着爬起来，对着镜子里那张肿脸，真是万念俱灰。

长期晚睡晚起形成的生物钟是顽固的，早上的课多数都在打盹中度过，脑袋晃来晃去，困得死去活来，但即使灵魂出窍，手也要坚持做笔记，常常一个激灵惊醒，发现本子上都是鬼画符。到了十点以后，人终于清醒一点，后面的课能听得稍微仔细些。中午休息的时间，去楼下买一屉小笼包、一碗粥，吃得津津有味，在课堂上看着周围那些年轻的面孔，心想，我这年纪还能重新体验当年读书时的感觉，也是一种幸福呀。

一个月的周末培训班，就在时而崩溃时而欣慰的情绪中过去了。距离考试还剩一个月的时候，我给自己制订了更魔鬼的计划。

白天上班，每天晚上完成五十页雅思单词、一套真题、两篇作文、两篇语法练习。光罗列这些很难有直观概念，这么说吧：一套雅思真题全部做完需要两小时五十分钟，做完之后对照答案分析错误原因十分钟，再重听一遍听力三十分钟，也就是说，每天晚上光一套真题就要花掉至少三个半小时，再算上五十页单词、两篇作文和两篇语法练习。这个量，可以想象一下。

那段时间每天晚上把茶、咖啡、红牛连着喝，即使再困，也一定要把当天的任务完成，不然绝不睡觉。这么折腾到最后，7 分就拿到手了。

不论什么知识，永远都是学得越多，才知道自己懂得越少。刚刚入门的人，往往是最盲目自信的，我也有过这样的阶段。

刚开始上班的时候，电影业界研究生学历的人不多，每天顶着"北师大硕士"的"光环"沾沾自喜，自认为英文水平还不错。随着工作的深入，开始有机会接触一些涉外事务。2008 年，华谊兄弟与德国的制片公司合拍了一部电影《拉贝日记》，当时我作为宣传负责人，开始与德国制片人 Benjamin 用英文打交道。拍摄到中段的时候，还安排中国媒体去上海的影视基地探了一次班。

前期我一直在跟 Benjamin 通邮件。邮件不需要立刻反应，遇到不知道该怎么说的话，可以问朋友，也可以求助网上词典，应付起来不成问题。我也有意识地收集一些写得好的英文邮件，有些是自己收到的，有些是朋友提供的，慢慢对于商务英语有了一些了解。

到了准备探班的阶段，忽然有天收到 Benjamin 一封信，问我当晚九点有没有时间通个电话，有些细节他想直接电话确认。收到信的瞬间我有点蒙，过去从来没有跟老外英文对话的经验啊……但我毕竟是个傻大胆，马上答说没问题。

回完邮件，脑筋立刻开始飞速运转，搜寻所有英文信息，必须要在九点前做足充分准备，把对方可能要问的问题，自己可能要回答的内容，都先打好草稿以备所需。下班后直接奔回家，晚饭也没吃，把手头所有可用的英文资料都摊在桌子上，开始死记硬背。

九点，电话响了。我装作非常老到地接起来，对方说的每句话，都连蒙带猜尽量去抓关键词，最终蒙对了大多数，而我要回答的部分，因为临时抱了佛脚，照打好的腹稿回答，竟也蒙混了过去，但愿人家没听出我是第一次进行英文对话的土鳖。

这次的经历之后，我对自己的英文水平忽然有了莫名的信心。上海探班，带着记者跟演员们混得其乐融融，晚上老板在剧组设宴招待主创，大家一起吃法式大餐，德国主演抱着大龙虾狠命地吃，把手都割破了，大家一会儿夸中国烟好抽，一会儿说中国酒好喝，龙虾吃完，老板又替他们点了大肘子，着实一片繁荣景象，借着酒意聊得兴起，语言就更加不是障碍了。

正在自我感觉良好之际，有天跟公司营销总监聊天时，她说：

"墨墨，有个事情我觉得还是应该告诉你。陈导有天看到你写给 Benjamin 的信，里面有一句 'I think it's OK for you'，语气太强硬，英文一般不会这么说。他让我找机会侧面提醒你一下。"

我听完这话，脸瞬间就红了。真是羞耻。

没多久，赶上《狄仁杰之通天帝国》筹备期，有天陈导约了施南生见面，就在丽都的露天咖啡厅，我刚好一起参加，第一次见到这个充满魅力的女人。坐定没聊几句，她就问，你英文怎么样，我支支吾吾地说，不太好……施南生爽利地来了一句，这么年轻，英文不好怎么行呢？

她的语气之笃定，让我觉得这简直就是种罪过。于是，在陈国富和施南生两位影坛大咖的双重"刺激"之下，我下定决心好好学习英语。

先是斥资四万多块报了某品牌的英语培训，因为钱不够还做了分期付款，用下班后的时间上课。所有课程跟完花了一年多，不管是电脑上的题目、跟读、课后作业，还是外教的当面授课，都尽量认真完成。就在这个过程里，听力和口语有了很大进步。

有人会问，这些培训机构有用吗？我可以负责任地告诉大家，如果你自己不花心思和精力，什么样的培训机构都没用。上课的时候，周围不乏混日子的人，作业不写，上课不说话，那一定就是白花钱。

直到去伦敦读书，英文算是有了一个质的进步。真的可以拿来炫耀的，也是这篇文章要说的第二个小故事，是我在 UCL 的硕士毕业论文拿到了 A（全班只有四个）。了解国外文科评分制度的人都知道，这对非母语的学生来说有多不容易。

UCL 的电影研究专业，每学期的成绩都由论文分数组成，他们的评分标准跟中国很不一样。我们是六十分及格，八九十分才算高分，他们是五十分及格，六七十分就是高分，八十分以上是凤毛麟角。

第一个学期，由于不熟悉学术论文写法，第一篇作业只得了五十五分，算是 C。这之后的学期论文，分数慢慢从五十五涨到了六十和六十二，也就是 B。想要拿 A，只剩毕业论文一个机会了。好在从小就喜欢文科，对写文章毫不惧怕。即使是英文写作，也没什么压力。有了这样的心态打底，我的"A 计划"打算这样实现：

第一步，找到一个够好的选题。

第二步，力求观点新颖，证据翔实。

第三步，写完之后找足够多的外援帮忙审稿。

这几年中国电影市场大热爆发，国际上对这部分的学术研究却是缺失的。懂得学术研究的人，大多数不是从业者，真正的从业者，又没时间来写英文论文。这显然是最适合我的选题。几经推敲讨论，毕业论文题目定为 *The Blockbuster Boom in China : Examining the Contemporary Chinese Film Market*，翻译过来就是《票房爆发：

当代中国电影市场解析》。

　　每天都去学校图书馆翻阅大量资料，结合过去的工作经验，引经据典娓娓道来，一个月时间完稿。国外学术界有个词叫 **Proofreading**，就是找专业人士帮忙润色文章，校正行文。我先是把文章给了同学帅帅和青青，她们帮忙过滤掉基础语法问题之后，又约了班里的中国学霸 Penny，两人一起在图书馆逐字逐句讨论、修改、打磨，最后再把论文给青青的外国男友 Erik 做第三轮检查。

　　我的论文导师，是剑桥博士毕业的学霸 Chris。看完文章，他居然说："我提不出什么修改意见，反而从你的文章里学到了很多东西。对于中国电影市场，我们只有很粗浅的认识，你写的内容让我了解到真正的当代中国。我甚至觉得学术界应该多放一些精力在中国电影市场的研究上。"

　　几个月后，在北京的家中，我收到了毕业论文 A 的好消息。

　　两位评分老师，一位给了六十九，一位给了七十三。评语中不乏"extremely well researched（调查研究极为详细）""really engaging and informative dissertation（提供了大量的信息）""impressive work（很棒的作品）"这样的字眼。一个曾经在邮件里跟人家说"I think it's OK for you"的人，在世界排名前五的大学里得到这样的褒奖，成就感爆棚。

最后要说的一个案例是减肥。

去伦敦之前，我做了一个决定，一年的留学生活要肆无忌惮，想怎么吃怎么吃，想怎么玩怎么玩。前半年跟室友们住在一起，大家个个都是厨艺高手，恨不得一天到晚凑在一起吃五顿，厨房里面永远都是人丁兴旺，时不时再去外面搓一顿，导致体重直线上升。

那时候疯狂到什么程度呢？夜里十点多感觉饿了，就马上出门坐地铁去最喜欢的汉堡店，点上一份汉堡、薯条、可乐的套餐，全部消灭之后再回家。就这样几个月，长了十几斤的肉。以我一米五几的身高，体重常年保持在四十二到四十三公斤之间，在伦敦一下子蹿到快一百斤，非常恐怖。

尽管每天洗澡的时候看着日渐变粗的腰和大腿，我会万分嫌弃自己，但是面对美食真的抵挡不住诱惑啊！本来我最爱吃的就是汉堡，而伦敦简直就是汉堡圣地，东西南北区每个好吃的汉堡店我几乎都去过，这么吃下去不肥才怪！

7月陈导那通工作邀约电话，促使我下了减肥的决心。三个月后就要回国，我绝对不能容忍自己以一个圆胖子的姿态重返职场。

刚巧借着写论文的契机，生活变得极度规律。那段时间，每天中午从家出发，坐四十分钟地铁到学校，先在附近的 Tesco 超市买两个三明治，再去隔壁的 Coffee Nero 买一大杯拿铁，走到 Portico 里面长长的走廊，吃掉一个三明治，喝掉半杯咖啡，再进图书馆，寻一张漂亮的木头桌子，开始看书写字。写到傍晚饿了，再吃掉另一个三明治。一整天的伙食就这些，家里的冰箱不保存任何食物，以防半夜饿了偷吃。

一个月之后，论文初稿完成，我也瘦下去了十斤。

秘诀是什么？还是那句话，对自己够狠。

人生中，有很多事情是我们无法控制的。生老病死，爱恨纠缠，我们常常无能为力。在命运面前，每个人都是渺小的。越是这样，就越要珍惜，尤其要认真对待那些有付出必然会有收获的事。自虐二字，看起来决绝，实则是对许多问题的最佳解答。求人不如求己，这才是真正的人生捷径。

要有一颗失去它的心

    我的一个好朋友说过,当你爱上一个人的时候,请时刻保持一颗失去他的心。

    这话看似只在讲感情,其实是在讲人生。世间万物都是缘分,你可以努力追寻,但努力过后不一定就能得到,得到了也不一定能留住。当我们认识到这个真相以后,反而可以更加坦然地去努力,去面对失去与获得。

    我们这代人,从小受的教育是"谦虚礼让",这个道理在长大以后,发现越来越不灵光。生活中到处都是战场,高考是千军万马挤独木桥,就业比起高考竞争只会更激烈,工作中升职的机会就那么几个,你抢到了别人就没有,别人抢到了你就没有,到了后来,我们连买车都要摇号。这时候,还能谦虚礼让吗?

    渐渐地,身边的舆论风向变成了另外一种。"这是我应得的。""给我这么少的钱，凭什么让我加班？""你凭什么抢我的功劳？""实习期不给工资，你当我是廉价劳动力吗？"诸如此类，都是大家在压力之下爆发出的应激反应。不能说这不对，但这不一定是最好的方式。

经过多年来工作经验的积累，我倒是发现人际关系中的一个法宝，那就是以退为进，需要与它搭配使用的，就是"要有一颗失去它的心"。

很多年前，刚进华谊负责写稿的时期，有次老板交代同事做一份宣传计划，这位同事擅长媒体资源的梳理，我相对擅长文字策划部分，最终我俩共同完成了这份计划。要发给老板之前，同事过来跟我商量："墨墨，能不能由我来发这封邮件，但是我会在计划的首页，写上咱们俩的名字？"我说："当然没问题啊。"这并不是什么高风亮节，毕竟这个任务是布置给了同事，她发邮件本就正常，我在力所能及的范围内帮个忙，就当积累了一点小小的人情。这点人情，人家是会记在心里的。

到了真枪实弹的工作中，你会发现"以退为进"在谈判中非常好用。生意场上，谈判双方都希望从对方那里得到更多，而自己的付出越少越好。最忌讳的就是一上来就给对方亮出底牌。当谈判到了胶着阶段，彼此都互不相让的时候，你不妨去做那个叫停的人。"如果是这样，那就算了。"这道理好比在买衣服的时候，以转身就走的姿态，逼迫老板再降价。当然这样做的结果，有可能是谈崩，但更有可能的是你能砍到一个好价钱。

　　其实还有很多时候，本来不是真的想以退为进，而是真的想退，但是最终却带来了意想不到的收获。在这里，可以讲一个成龙大哥的小故事。

　　20世纪七八十年代，连续拍摄《蛇形刁手》《醉拳》《笑拳怪招》三部电影之后，大哥在香港忽然爆红，几部电影卖出了当年的超高票房，这让他一下子成为诸多公司争抢的对象。

　　当时他的个人合约是签在罗维导演旗下，在看到"成龙"二字的潜力之后，罗维导演希望与他续约，每部戏的片酬从几千块提高到五万元港币，最终他们达成协议，如果大哥违约离开公司，将要赔偿公司十万元港币。

　　罗导演拿出的是一份空白合约，上面只有一条虚线，他让大哥在虚线上签字："我刚从国外回来，还来不及备齐合同资料，你先在这上面签字，等我把副本都准备好了，再把你那一份交回给你。"大哥没想太多，觉得一路带自己的前辈不会骗自己，就提笔在合约上签下了名字。

　　后来有一天，当时嘉禾影业的何冠昌先生，忽然约大哥去美丽华饭店喝咖啡。这可是香港影坛教父级的人物，所有大明星见了他没有不鞠躬的。

　　大哥赶紧去到约定地点，一坐下来，何先生就递给了他一张支票。大哥拿过去刚要看的时候，服务员就走过来了，何先生抓起支票塞进他的衬衫口袋，然后说，你出来吧，到我们公司，我们会如何如何打造你。大哥当时一边听着人家说话，一边脑袋里面在想，支票上面写了个"1"，但后面是多少个零呢，没看清楚……

　　于是大哥跟何先生说，我想上个厕所。一到厕所，他就赶紧把门关起来，把支票从口袋拿出来："个、十、百、千、万、十万……好多个零啊！十万啊！我竟然有十万了！"

　　回到座位，何先生对他说，你回去考虑一下。大哥说，好。

　　回到公司，大哥跟同事陈自强说："我刚刚见了何冠昌，他给了我一张十万的支票。"陈自强拿过去一看，瞪着他说："笨蛋啊，这不是十万，这是一百万！"

　　更是要疯。

　　大哥非常忐忑地去找罗维导演谈这事，罗导演说："一百万有什么了不起？我现在就给你开个户头，先给你存两万，两年以内给你存十万，这样几年后你就有一百万了啊。"

　　大哥一直跟着罗导演工作，确实不好意思离开公司，就拿着那张支票出了门，跑到街上的影印店去影印，影印完了留给自己做纪念，还送了几张给朋友……当时有朋友跟他开玩笑说："我 × ！你就把它花掉啊！反正也没有合同，这张支票就是现金，他们就算知道了也告不了你的！"大哥说："不行，做人不能这样子。我爸爸说，出来做事情要讲诚信。"回到公司，他请陈自强把那张支票还给何冠昌，自己已经不好意思见人家了。

不到一个礼拜之后，何冠昌又来找他了，说："我们不是只给你一百万，这一百万只是你的定金。如果你跟我们拍戏，我会给你两百万片酬。"

大哥尽管心中激动，可要想跟嘉禾合作，必然要跟原来的公司解约，他没了主意，就找了好朋友秦祥林和曾志伟聊。

秦祥林是当年的第一小生，他的最高片酬到达过十万。听大哥说他竟然有一百万定金，秦祥林吓死了："我 ×，我的十倍！还是定金！告诉你，我是过来人，做演员有这样的机会不容易，你现在这一刻红，但不知道明天会怎么样，不如趁现在拿到自己想拿到的东西。这样吧，今天晚上你想一想，自己这辈子想要多少钱就够了，明天一早你答复我，我尽量帮你达成目标。"

大哥当时还在拍戏，第二天六点出工，可晚上怎么都睡不着，当时的他年纪还小，人生中第一次面对巨额财富，又慌张又兴奋又心花怒放。他起身去到洗手间，对着镜子跟自己说："人家竟然给我两百万啊……"就一直这样想啊想，不知道过了多长时间，忽然听到外面门铃"叮咚"一声，竟然已经第二天六点了。

一开门，秦祥林就说："你一晚上没睡？快跟我讲，多少？"

大哥说："我想好了，我这辈子有五百万就够了。"

秦祥林说："行！"

于是当时的秦祥林成了大哥第一个"经纪人"，带着他去跟嘉禾影业的人见面，此时片酬已经涨到了两百四十万。

那段时间，大哥每天都要六点拍早班，那部作品是他自己编剧、导演、主演的，动作戏非常危险，每天都有人受伤，压力很大。晚上好不容易收了工，又要被一群人拉着在酒店谈合作，谈到后来他就受不了了，说好吧好吧就同意了吧。同意之后就没人缠着我了。

谈妥之后，何冠昌他们就飞回香港了，大概是两个礼拜之后，大哥有天回酒店，发现酒店的整个玻璃全被砸烂了，是罗维导演找人砸的。罗导演的太太还来骂他："这几年我们是怎么对你的？谁把你从澳大利亚请回来的？那时候没人要你，是我们给你机会！你就这样对我们？"

大哥又羞愧又懊恼，被逼得直哭，觉得自己是个没信用的人，哭完以后就通过曾志伟跟何冠昌他们说："你们就告我吧，那二百四十万我给你退回去，不要了。"

没想到事情到此刻，发生了逆转。

罗维导演要告大哥违约，这本是意料之中的事，但是他提出的违约金并不是合约中规定的十万，而是一千万！原来罗维导演擅自涂改了合约条款。那时候的合约是用毛笔写的，大哥在空白合约上签字之后，罗维导演让人在"十"字上加了一撇，变成了"千"。

听到这个消息，大哥备受打击，他那么信任、一直追随的前辈，竟然做出这种事。一千万，不要说还没跟新公司签约，就算是签了，他也凑不出这么多钱。一筹莫展之际，罗维公司的老管家忽然来找大哥。老人家告诉他，更改合约的事就是他本人经手的，如果真的闹到法庭上，他愿意帮大哥出庭做证。为什么这个老管家愿意出手相助？因为大哥曾在自己都没什么钱的时候，拿出仅有的几千块，接济过这位老人家。

违约之事柳暗花明，不了了之。大哥也终于下定决心，离开原来的公司，签约嘉禾。签约之后拍的第一部电影《师弟出马》，片酬四百八十万。

大哥后来跟我说："你看我是不是傻人有傻福，一百万没要，两百万没要，两百四十万没要，后来竟然得到了四百八十万。"

这个例子虽然非常特殊，但却诠释了"以退为进"的精髓。不管是在工作还是生活里，有时就是需要破釜沉舟的勇气，需要抛开一切的架势，需要耐得住寂寞，需要先用力付出，再用力收获。在面对非常想要的东西时，或许"怀着一颗失去它的心"，比把它紧紧捏在手里，更容易真正地得到。

冲动是天使

　　这本书的最后一篇文章，试着聊聊人的天性。

　　就像前面说过的，抛却一切外在的东西，人终究只能和自己待在一起。你生来擅长什么，不擅长什么，优点是什么，缺点是什么，其实你心里很清楚。随着年龄的增长，对自我的认知越发明确，也就越该懂得取长补短，将优势发挥到最大化，将劣势尽量掩藏起来。

　　作为出生在春天的白羊座，我的优点是热情、冲动、胆子大。小时候以为只是性子急，后来发现没那么简单。很多冲动之下做的决定，事后证明都是正确选择。这就形成一种良性循环，你会更加相信自己的直觉，而这中间的一剂重要调料，便是鲁迅先生总结出的"阿 Q 精神"。也就是说，即使做的决定是错误的，你也要跟自己洗脑说它是正确的。

　　回顾这些年，一时冲动做的重大决定包括：研究生考北师大电影学、放弃户口签约华谊、原始股解禁后一次全卖掉、帮成龙大哥写自传、辞职借债出国留学……这些人生中的重要时刻，变成文字之后显得挺酷炫，但背后的故事并没有看起来这么洒脱。用现在的网络流行语来说，就是"自己选的路，哭着也要把它走完"。

　　其他往事在前面都已经分享过，原始股这件事，可以再讲讲。

　　2009 年华谊兄弟上市，一年后原始股得以解禁。解禁当天，我就把手里的股票全卖掉了，换成了一百多万元现金。这笔钱买的第一个大件物品，是一辆车。买车的时间是 2010 年 11 月，就在这之后没几天，北京忽然颁布了限车令。一年之后，我用手里的余款加上借款和贷款，买了一套六十三平方米的房子，在这个城市有了第一个家。

　　后来有很多次，别人问，你华谊的股票呢？我说，早就都卖了。大家总会目瞪口呆，好像我是个大傻子。也确实，后来的股价成倍增长，我的那些份额已经翻了好几番。这时候，阿 Q 精神就出场了。我跟自己说，没什么好后悔的，先花钱可以先享受，有车开，有房住，这种安全感是无价的。至于没有赚到手的那些钱，说明它们不属于你。

　　从华谊辞职的时候，因为公司内部的不同声音，我停薪留职的申请搁浅，要辞职就意味着放弃手里的股票期权，保守估计价值几百万。这不是个小数目。出国前，我把全部家当搜罗起来只有十来万，存满一年房贷之后就不剩什么了，后来是找家人和朋友借了几十万，才能有钱去英国。这时候，阿 Q 精神告诉我，钱没有了可以再赚，但是逃离工作去伦敦尽情享受一整年，这经历本身比钱贵重多了。更没想到的是，连当年留下遗憾的北京户口，竟然也因为出国留学而间接搞定了。

我有个闺密在中学做人事工作，对于人才引进方面的国家政策很熟悉。出国前她提醒我，回国后有机会以"留学归国人才"的身份申请北京户口，大前提是一定要在国外待满三百六十五天。按照她的建议，我毕业后还特意在伦敦多留了一个月才回国，回来后一步步准备所有资料，经历了种种复杂的过程，花了一年多的时间，户口指标还真的批了下来。这可以算是出国留学的"赠品"。

我在 UCL 的同班同学杨青青和冯帅帅，后来到了工夫影业跟我一起工作。换个角度说，她俩也是我在一群人里挑选出来的。

青青是最早给我留下印象的中国同学。那是第一节课的时候，我正一头雾水地询问大家，学校那个复杂的选课系统到底要怎么搞，就听到旁边有几个同学在议论："UCL 的课程实在是太坑人了，跟 ×× 学校比起来差远了……"我正觉错愕，就看旁边一个扎着乱乱马尾辫的姑娘，瞪着圆圆的大眼睛，非常认真地说："我觉得我们学校的课程很好啊……"

当时就被这一句话吸引了。其实大家的观点本身没什么对和错，但在当时的情境下，就是没有来由地喜欢这个女孩乐观积极的样子。这个就是青青。

　　当天大家离开教室各自回家，我才发现跟青青住得很近，只隔一条马路。一起回家的路上，跟她说起很想快速练好口语，她说，那咱俩今后可以坚持只用英文说话。这是个好主意。她之前就已经在英国留学一年，口语比我好，正是绝佳的语言伙伴。我们都是坐72路公交车从住处去学校，两人常常在车站碰到，路上就用英文聊天，遇到不知道该怎么表达的词句，她会耐心跟我讲解。

　　跟帅帅的友谊则是通过旅行建立起来的。在这之前，有一次跟所有中国同学一起吃饭，我问大家毕业之后想做怎样的工作，来学电影，是不是将来都想做电影？没想到大多数人都支支吾吾，只有帅帅斩钉截铁地说："我想做电影或者传媒类的工作。"我仔细端详了这个女孩，虽然看起来腼腆，但透着一种坚定。

　　刚巧有次一起准备作业，她说打算2月去趟巴黎，正在找旅行伙伴，我马上自告奋勇。巴黎是我一直向往的地方，去传说中的浪漫之都过情人节再合适不过。这一次的旅途，她安排好了签证、车票、酒店等一切细节，很明显是个心思细密、懂得照顾别人感受的好姑娘。在那之后，我们还一起去了布达佩斯和布拉格，彼此之间的默契度越来越高。

　　临近毕业的时候，大家都开始思考就业问题。彼时我已得到来自国内的工作邀约，也在有意识寻找合适的新人。青青和帅帅自然率先跃入我的视线。

青青在英国有个稳定的男朋友，瑞典人，已在伦敦工作多年，毕业前夕，两人决定结婚。喜帖做好了，喜糖包好了，婚礼会场都预定好了，最后关头两人忽然决定不结了。不知道这中间发生了怎样戏剧性的情节，我们知道的是，在我还留在伦敦的时候，青青已经收拾行李先一步回到北京，租了房子，我介绍她去了一家公司的宣传部实习。等我11月回国开始工作的时候，她就直接进了工夫影业。帅帅毕业后先带着妈妈在欧洲玩了一圈，也于那年12月进了公司。

今天问起青青，关于毕业时的"冲动"决定。她说："其实毕业前我在伦敦投过一轮简历，百分之九十的工作机会都不提供工作签证，况且在一个英语环境中与别人竞争，这是一场一开始就输在起跑线的比赛，所以那段时间虽然快要结婚了，但是我一点也开心不起来。直到我脑袋里面冒出'不结婚，回北京工作'这个非常大胆的念头之后，反而越来越兴奋。最终我跟男友达成共识，挨个说服家人，挨个给接到婚礼通知的好友发信息解释，其中一个朋友还回复说，不出乎意料的人生，你也不喜欢吧。

"现在我和男友异地恋爱，已经过了第四个年头，两人事业上都有了长足的进步，每年都会一起去国外旅行两三次，偶尔聊起三年前差点完成的婚礼，两人还会笑着感慨，还好当年没结婚，否则可能现在已经离了……"

　　今天青青和帅帅已经是公司里的主力干将，她们在工作里证明了自己的价值，也结交了很多有共同追求的朋友。就像很多个当年被我选中的伙伴——硕士毕业后一心想进华谊的晓荻、在新浪娱乐做编辑做得很好的黄一、师大研究生同班同学静婷、本科还没毕业就来跟我实习的师弟浩洋，都是凭着某种冲动做出选择，聚集到了"华谊兄弟宣传部"这个集体并肩战斗，后来大家各自有了更好的发展，如今都是行业内的中坚力量。我们的友谊从工作中延伸到生活里，这本身就是无比美好的缘分。

　　时光倒回到伦敦那年，上课之余，一有时间就跑出去旅行。巴黎、巴塞罗那、海德堡、布达佩斯、布拉格、维也纳、奥斯陆、赫尔辛基、伊斯坦布尔、雅典、圣托里尼，以及英国的巴斯、约克、剑桥、爱丁堡、圣安德鲁斯、皮特罗赫里、水上伯顿、华威、牛津、布莱顿……每段旅行都是一段闪光的日子，旅途中发生了很多有趣的、感人的、惊心动魄的故事，或许以后可以专门写一写。

　　如今，借着这本书的契机回顾过去，很想感谢自己的冲动，它跟阿Q精神搅在一起，成了一剂秘方，将冲动从魔鬼变成了天使。如果当初没有拼命考来北师大，就不会加入大学生电影节组委会，就不会被老师推荐给华谊兄弟，就不会积累七年的宝贵经验，就不会拿到人生的第一桶金，就不会结识那些对自己产生重要影响的前辈，也就不会一步步走向今天。

　　十年职场，过程中许多辛苦和委屈，早已被当时的泪水冲刷掉，留下的是深深的感恩，感谢命运让我有机会通过努力，写下不用修改的无悔青春。

我 的 父 亲 母 亲

从小到大，我一直是个极度恋家的人。

出国读书时，身边多数都是"90后"，我发现他们当中很多人跟爸妈关系疏远，除了花家里的钱之外，彼此关系淡漠。这其中的原因无法简单概括，孩子和父母可能都有责任。或许有些父母真的不够用心，有些父母表达爱的方式不恰当，也或许有些孩子从来没有试着去体谅长辈。

听大家回忆起小时候：有些是爸妈忙于生意，小学都是跟着爷爷奶奶，中学则是寄宿的私立学校，大学就被送出国了；有些家长情绪暴躁嘴又毒，说出来的话能把孩子的自信毁灭殆尽；有些虽然保持着表面和平，但彼此间并不真正了解……

如此种种，我忽然意识到，自己的爸爸妈妈是多么不同。

有天晚上，一位代驾师傅送我回家，路上聊天，他说了很多动人的话："你不知道我女儿有多聪明，很多人都劝我把孩子送回老家，我坚决不。那些留守儿童都太可怜了。老人不舍得管，惯出一身毛病，大人回去只待几天，也顾不上管。孩子小时候记忆里没有你，长大就更没有你了。现在在北京，只要你肯吃苦，钱还是能挣到的。我白天上班，晚上出来干代驾，能挣多少算多少。我给孩子报了一个舞蹈班、一个乐器班，将来她长大了如果碰上不顺心的事，能有个方式排解……"

我坐在副驾驶座上，看着这位父亲的侧脸，想起小时候我跟爸妈相处的很多场景，忽然领悟到，其实家长爱的能力与他们的财力是两回事。小时候我家并不富裕，但爸妈一直让我觉得被宠爱，够自信，自己对这世界很重要。

在这里，想提笔写写那些珍贵的往事。先说爸爸。

其实我上小学之前都没有正式名字，因为他一定要取个特别的，要有意义，要不俗，要与众不同。就这么一直憋到了我四岁，受鲁迅"只研朱墨作春山"的启发，加上他是画画的，墨宝墨宝，墨是他的宝，于是取名朱墨。不过"墨"的笔画有点复杂，所以三年级之前他让我写"朱沫"，直到四年级，他说，你是高年级的孩子啦，从今以后就写自己真正的名字——"朱墨"吧。

爸爸对我的管理，是极度溺爱与极度严苛的结合体。

我四岁半上小学，一二年级时总记不住老师留了什么作业，后来老师就把作业内容写下来，让我带回去给家长看。到了家，爸妈问，留作业了吗？我总是说没有。那时也不是故意说谎，就是稀里糊涂记不住，于是爸爸很多次陪我到学校跟老师解释："孩子太小，需要充足睡眠，作业没写。"

三四年级记得日常作业了，寒暑假作业又常常写不完，到了开学前一天才急得哭，爸爸就会说，没事，明天我去学校跟你老师说。有时他甚至还会偷偷帮我写一点作业。那时因为爸妈都是老师，跟学校的老师们都熟悉，加上我年纪小，大家不会太苛责，大不了跟不上就回家，等到入学年龄再重来。没想到我就这么跟下来了，只是学习成绩不怎么样，长这么大从来没拿过第一名，最好的成绩是小学时拿过一个第三，大多数的时候都是中等。只是我有一个本事，就是每逢大考必超常发挥，一路升学都是有惊无险。

从中学到现在，我一直是身边人里极少数不近视的。这也是因为小时候爸爸盯得非常严格，除了几乎不许看电视（当时很痛苦），不许躺着看书之外，他还陪我写了小学时代几乎所有的作业。爸爸每天都在大画案上练书法或画画，让我在画案一侧写作业，要求腰板挺直，眼睛距离书本至少三十厘米，只要看到我的头无意间压低，或者趴着写字，就会立刻提醒，久而久之，好的坐姿就养成了。

我从小就个子矮，一年级到三年级都坐第一排，有一次爸爸接我放学，觉得教室太小，我座位离黑板太近，对视力不好，当天回家就特制了一把椅子，在一把普通木椅上加钉了一个小板凳，第二天带到学校，让老师把我的座位调到了最后一排，既离黑板远，也不会被前面的同学挡住视线。直到我们搬了大教室，才重新坐回第一排。因为爸爸的紧密盯人政策，我的眼睛视力至今保持 5.1。每次体检时到了视力那一项，准会听到医生和周围人的惊叹。

我几乎是在无烟的环境长大。老爸自己不抽烟，家里来了客人，只要我在，他就会说："朱墨在家，大家别抽烟。"我也没有寒暑假被迫早起的经验。从小就爱睡懒觉，假期在家都会睡到中午才起床，偶尔半睡半醒间，会听到爸爸在客厅对客人说："朱墨在睡觉，大家小声点。"或是低声训斥妹妹弟弟："你姐睡觉呢，小点声！"上小学的时候，每天晚上都是爸爸一边讲着故事，一边轻轻拍着我的后背，陪我慢慢睡去。冬天的时候，放学后从外面疯玩回到家，爸爸看见我的第一个动作，就是把自己的袖口撑开，让我把两只手都伸进去，抓着他的手腕取暖。

他的手太巧，书画篆刻自不用说，小时候家里的家具也都是他亲手打的。当年他做过一个老鹰的木雕台灯，连同自学的画作寄给国画大师孙其峰，后来成为入室弟子。小时候，我写字喜欢尖尖的笔芯，那时还没有自动铅笔，每次考试前，他都会用篆刻刀削一大把铅笔，像转笔刀削的一样整齐，摆满我的文具盒。

其实他是个非常严厉的人，一瞪眼我就能吓得凝固。印象深刻的有两次挨打，一次是他带我去农村的麦田里玩，周围很多蚂蚱，他抓到一只递给我，我却在那里怯生生的不敢拿，几经劝导无果，啪地一巴掌，我马上敢拿了。还有一次是在家门前的院子里，好几个小孩一起跟我玩跳高。前面高度不高的时候，我跟大家一起嘻嘻哈哈地跳，等杆子升到一定高度之后，我忽然胆小了，好几次跑到杆子前面就停下，笑嘻嘻地说不敢跳，又是几次劝导未果，爸爸拿着木尺啪的一声，我咻地起跑，一下就跳过去了。

挨打之后讲道理，他总是说，作为一个女孩子，尤其要坚强和勇敢，一定不能胆小害怕。随着我慢慢长大，越是重要场合越能保持从容，多少人的地方都不怯场，小学时可以当众表演节目，刚上大一就主持几千人的迎新晚会，工作之后见到无论多么大咖的人物，都可以镇定自若与之交流，所有这些，都是来自小时候爸爸对我胆量的训练。

其实爸爸又是脆弱的。他从来不敢看着我打针。有一次去医院抽血，我的血管太细，医生抽了好几次也抽不出来，看着针头在我血管里扎来扎去，他跟人家大发雷霆，差点打起来。还有一次，我已经上大学了，发烧在家输液，他来我床边坐着，忽然就开始掉眼泪。如此地多愁善感，可能跟他是个画画的艺术家有关系。

自从有记忆开始，我们家一直都是住在不同学校里的教师宿舍。住得比较久的是南赵堡中学。那时候爸爸教体育和美术，妈妈教音乐，有时候也会代数学、物理的课。学校大院里除了老师就是学生，环境很单纯，平时我家的门从来不锁，爸妈去上课了，我自己在家待着，时常就会有学生推门进来，从水缸里舀点水喝，喝完再去继续玩。傍晚下课后也常会有学生来我家吃饭，通常是家庭条件不太好的孩子，在家吃不饱，爸妈就给他们加伙食。

记得那时所有的节日，一定会收到来自各地的明信片，全都是爸妈的学生寄来的。平时放学，爸妈没空去接我的时候，跟着爸爸练体育的几个学生就轮流来接，我跟他们都特别熟，他们也都特别宠着我。长大之后，遇到当年那些哥哥姐姐，他们还常常会说，朱墨你那会儿就这么一点点，我两手把你举起来直接放在你家大立柜顶上你还记得吗？那时候跟爷爷、奶奶、姥姥、姥爷、家里的亲戚们都不住在一起，学校到了放学或者放假的时候，就是一座小小的孤岛，邻居只有学校里其他几家老师住户，但我很少觉得特别孤单。

开始在邻村上小学了，班里常有几个同学放学后送我回家。现在想起来，我那时候五六岁，人家也不过八九岁而已，都是小孩，但是大家都特别照顾我，可能在他们眼里小三岁的我还是更幼稚吧。那时我特别喜欢把自己的东西分给别人。每次同学们来家里，我都会问爸妈，我可以把我的铅笔、本子、果丹皮、面包……分给他们吗？每次爸妈都说可以。再后来也不问了，只要家里来了小伙伴，我就把属于自己的小柜子打开，把东西拿出来分给大家。长大后妈妈说，其实当时家里不富裕，省出点钱给我买吃的玩的，却都被我分了出去，还是有点心疼，但毕竟培养好的品德更重要，所以她和爸爸都忍着不说，依旧予以鼓励。

那时候还闹过一些笑话。周末跟着妈妈回姥姥家，妈妈跟一群人打麻将，听到外面有叫卖冰棍儿的，我要了钱去买，有几个小孩就买几个，可有时候看到别的小孩手里拿着冰棍，没有我的，我会走到妈妈面前，大声地问，为什么他不给我买冰棍？周围的大人就会笑成一团。这件事情到底是怎么回事，妈妈讲了很多次，我总是稀里糊涂的想不明白。糊涂的不止这些，看小伙伴们都喜欢跟大人要钱，一毛两毛的，自己也学着去要，结果不是玩着跑丢了，就是一直装兜里忘了，直到妈妈洗衣服时给洗掉。

我小时候虽然糊涂，但特别听话，把爸爸妈妈的话都当作圣旨。那时候爸爸总是嘱咐，万一放学的时候看爸妈和哥哥姐姐们没来接，同学们也不能送你，就自己走回家，路上遇到任何人要带你都不行，认识的人也不行，免得别人把你拐跑。有那么一回，爸爸妈妈的一个同事，也是学校里的一位老师，见我正一个人往家走，要骑车送我回家，我坚决推拒："我爸爸说了，绝对不能跟别人走！"这件事后来在学校大院传为笑谈。

除了不能随便跟人走，老爸还定了很多细碎的规矩：走路必须昂首挺胸；说话不许支支吾吾，一定要把自己想表达的东西坚定地说清楚；不要随便吃别人给的东西，认识的人也不行，除非爸妈在旁边点头说可以吃，那才能接到手里；不许擅自留在别人家吃饭；不许在同学家留宿；不许跟爷爷奶奶姥姥姥爷，还有亲戚们要零花钱；不许随便接受别人的礼物；等等。我想正是这些原则，让我渐渐懂得独立、不依附是值得追求的品质。

爸爸收藏古董已近三十年。早年间，他总是骑着自行车走很远的路，去各种各样的村落，寻找那些老字画、老物件。有时候路不那么远，会带着我一起去，他骑着一辆大自行车，我骑一辆小的，一路上聊着天，时间也就慢慢过去了，从不觉得累。那时我家附近有一座土坡，在小时候的我眼里就是一座小山，我们俩管那里叫"大窑"，每隔几天他就会说，咱们往大窑上去吧，我就会特别开心。一路跟他聊着天走到那里，爬到顶上，说会儿话，听听故事，再慢慢地走下坡，走回家。

上高中了，老爸说，除了看书，你应该再多培养一些兴趣爱好。他先是送了我一本集邮册，后来看我兴趣不是很大，又问我，要不要跟他一起看足球，我听他讲解那些球场上的规则，慢慢就成了一个小球迷。喜欢那时候的意大利队，巴乔、马尔蒂尼、因扎吉。我的阅读习惯也受他影响。小时候他给我买《安徒生童话》《十万个为什么》，中学时给我买郁达夫、梁实秋、林语堂的书。我的青春期是那些民国作家陪伴着度过的，倒是没怎么读过言情和武侠小说。他对书极为爱护，看书前一定要先洗手，家里的书都是崭新的，即使是几年前买的，除了颜色变旧，也毫无污渍折痕。这些都深深地影响了我。

十三岁时慢性阑尾炎，疼得不厉害，但毕竟不舒服，刚好有同学做了阑尾手术，怂恿我也割掉以绝后患。我跟爸爸说，我也要做手术。

他说，只要能保守治疗，我就绝对不会让你挨一刀。后来病情稍有反复，我又重提此事，爸爸说，不行，女孩子身上不要留疤。如今已经跟阑尾和平共处了十几年，偶尔闹一下也能用药物控制，自己也终于在长大后明白了老爸这个决定多么英明。

我的家乡在一个北方小城，小学中学都说家乡话，上大学才跟同学们说普通话。那时刚刚离家，跟家里通电话的时候，要是周围有同学，我的语气就会有点不确定，说出来的语调也会有点不自然。是爸爸一句话让我豁然开朗："墨，记住爸爸的话，乡音不改。"从那以后，不管身边有任何人，只要跟家人通话，我都会迅速切换成家乡话。

来北京读研那年我二十一岁，爸爸亲手刻了一枚印章，郑重地交到我手里，说："墨，记住，这是咱们家的将军令。"自从八岁的时候妹妹来到我们身边，爸爸妈妈一直很少因为妹妹告状而训斥我，他们希望在妹妹面前帮我建立大姐的形象，即使妹妹受了委屈，也要让她听姐姐的。后来又有了弟弟，两个姐姐的话他都要听。

刚刚开始工作的那几年，我经常会因为挫折或委屈大哭，大多数时候都不会跟家人说。不过等我回家的时候，爸爸还是会一眼看穿。这么多年来，他对我的情绪永远了如指掌。有一回，爸爸毫无预兆地跟我说了一句话："墨，不管在工作里面遇到什么困难，你就想，你是那个从奶奶村里跑出来的小土妞儿，能走到今天，已经非常厉害了，只要这么想，那些事就不算什么。"听完这一句，我的眼泪马上掉了下来。

如今，我身边很多人被催婚催生小孩，年纪比我小七八岁的都不能幸免，每当听到大家抱怨的时候，我就会想起几年前，那时刚跟当时的男友分手，爸爸知道后打电话来："不管你很快找到新男友也好，还是将来会跟他复合也好，还是最近不想谈恋爱了也好，还是以后想单身不想结婚了也好，我都没关系，我只希望你快乐。"

这就是我的老爸。那个年代没有现在信息这么发达，没有网络，没有那么多育儿类的书籍视频，也没有很多专家言论可以参考，在那个经济并不发达的北方小镇，爸爸自己琢磨出来的这套教育体系，造就了今天的我。

我小的时候，妈妈脾气很暴躁，那时我最大的压力就是听作为中学老师的她给我讲题。她越讲我越不明白，我越不明白她就越急，最后要么我被吓哭了，要么就是爸爸过来把她说一顿。不过，她对我性格最大的影响，除了暴脾气这一点之外，是她性格里的一种狠劲。

她小时候很聪明但不爱学习，每次考试之前都靠临时突击，曾经创下过一晚上复习了一本化学书，第二天考了 98 分的奇迹。常常因为跟谁赌个气，即使不眠不休也要证明自己可以做到某件事。到学校教书之前，她是师范中专毕业，有一回被同事开玩笑说学历低，不是大学生，她第二天就开始准备函授大学的考试，后来拿到了学位。

初中时有一天，我和妹妹在房间玩，她在厨房做饭，煤气罐忽然起了火，她第一时间冲过去，把手伸进火里拧上了总阀门。火逐渐熄灭之后，她才发现自己的脸也被烤到了，头发眉毛都烧掉了一些，还好，不严重，后来也没留下什么疤痕。跟爸爸分开之后，她又结了婚，自己开过饭馆，做过化工厂，有了稳定的积蓄，日子过得越来越好。在我眼里，她是女性励志的典范。很多时候，在她身上，我总能看到一种坚韧的决心。她对自己足够狠。

1999年，十六岁的我高考失利，只考了420分。那时候实在是太不好好学习了，"每逢大考必超常发挥"的本事依然在，但底子实在太差，平时模拟考只能考300多分，可发挥的空间有限。决定复读那一刻，我跟自己说，这次要真的努力了。开学第一个月，我整整三十天没跟任何同学聊天。那时我最差的一科是数学，满分150分，我只考了42分。很多老师都劝我，干脆这一年把精力全部用在数学上，怎么都能涨几十分。不过我最了解自己，没兴趣的事情就是没动力，所以我没跟任何人商量就做了一个决定，一整年完全不学数学，把所有时间用在其他四科上面。

记得那一年有很多次模拟考。我在第二次高考快要到来的时候，翻了翻积攒下来的模拟试卷，在里面选出了每一科的最高分，把它们加了一下，是515分。那时我默默地想，如果高考能把每一科的最高分考出来就好了。成绩揭晓那一天，我已经在家里画了好多天的素描和水粉画，拨通电话听到那边传来"总分515分"的时候，我欣喜若狂。

这之后，2003年准备考研，2013年准备考雅思，以及工作中很多个日日夜夜，我都在用一种莫名的狠劲支撑自己，告诉自己不要放弃，一定要拼尽全力实现自己的目标，这点遗传基因来自妈妈。

还有最重要的一点。一直以来，爸爸妈妈都致力于帮我建立强大的自信心。

我小时候的一个故事，现在还常常被拿出来讲。那是刘晓庆最红的时候，妈妈问我，全中国谁长得最好看？我说，刘晓庆第一，我第二。妈妈说，嗯，就是。后来我上了小学，发现班主任周老师很漂亮，妈妈再问这个问题的时候，我说，刘晓庆第一，周老师第二，我第三。妈妈说，嗯，没错。

为了建立我对自己的认同，爸爸有时还会做一些挑战习俗的事情。在我们老家，到了大年三十那天晚上，人们都会去"燎星"，就是去坟地上放很多炮仗，烧一些干草，算是与故人同庆节日。这个时候女孩子是不许去的，所有人家的坟地都只有男性才能去。不过爸爸每年都会带我一起去，别人问起来，他会说，我们家朱墨就是不一样，我就是要带着她去。

爸爸妈妈的这些行为，让我从小就觉得自己是一个很特别、很优秀、对这个世界很重要的人。当我用这本书的写作过程，重新梳理这些年的经历时，就越发深刻地体会到了这一点。他们给的这些心理暗示和帮我建立的自我认知，成为构建我世界观、人生观、价值观的基础，让我比别人更加自信。在人生中很多遇到困难的时刻，这来自家庭的强大的无价的爱，成为支撑我勇敢往前走的力量源泉。

所以，这本书要献给我的爸爸妈妈。我永远永远爱你们。

感　谢

　　我原本最爱鼓吹效率，但这本书从动笔到出版，却着实经过了好几年。写第一篇文章的时候，还是在伦敦，如今一晃已是四年以后。所有可出版的文字，我最喜欢"感谢"这个板块，因为可以肆无忌惮地对大家送上崇高爱意。

　　感谢北师大的周星老师、周雯老师、崔颖师兄，让我有机会参与两届大学生电影节，获得宝贵的工作经验。感谢招我进入华谊兄弟的徐立女士，为我打开了职场的大门。感谢王中军老板、冯小刚导演、徐克导演、施南生监制、钮承泽导演、林书宇导演、冯德伦导演和所有帮助过我的前辈。感谢工夫影业合伙人张家鲁、陶昆、程孝泽、汪启楠、梁笑笑和所有可爱的同事。感谢我第一个项目《Ai 在西元前》的主创团队——周楠、翦以玟、苌江、林美如、张臻、赵鹏。感谢因戏结缘的你们——王紫璇、陈芋米、凤小岳、许玮甯、张宥浩、王瑞昌。

　　感谢儿时好友田娜、梁少杰、姚岚，青春期有你们，是我的幸运。感谢大学的室友，一辈子的姐妹赵晓辉、张妍、王琳。感谢在北京陪伴我多年的闺密李峥、王瑒、钱雪。感谢知己肖洋、常松一直的纵容和保护。感谢共同成长的挚友唐静婷、黄一、宋晓荻、孙浩洋、夏菀仪、潘宝昌。感谢伦敦读书期间的小伙伴 Lisa、Panpan、Cheng、Monica、Alicia、林入、美美。感谢工作中不离不弃的小伙伴冯帅帅、杨青青、屈嘉营。

　　感谢在写作中给过我指点的张佳扬、田野、徐颢妍、黄一平。感谢博集天卷的毛闽峰、赵萌、董鑫、张明慧、利锐、李洁和所有为本书付出心力的工作人员。感谢新浪微博网友 @ 秦人 _ 王一，他给了我们第一稿书名的灵感，现在作为标题放在了第四章。感谢可爱的彭忆欧为我想出一语双关的英文书名 *Herstory*。感谢才华横溢的剑辰，为我设计这么棒的封面。

　　感谢老板王中磊的胸襟与魄力，在我初出茅庐之时就委以重任，这给了我足以受用很久的信心和勇气。感谢陈国富导演多年来的教导，引领并陪伴我职业生涯的全部，在这个阶段，给我一个完美的工作环境，"逼迫"我不断探索新的人生可能。感谢成龙大哥的信任，给我机会写下你的传奇人生，带我享受美好生活，见识世界的宽广。谢谢你们风格迥异但字字用心的序言。

　　感谢吾友邱玉洁不惜拿出大量时间审阅所有文章，并不断提供醍醐灌顶的建议，很可惜最终我还是没能达到你的要求，只能留待今后努力。

　　感谢我最爱的妹妹为这本书亲笔手绘的四张插图，画虽稚拙情却真。

　　感谢每一位家人，也希望这本书能给年少的弟弟、妹妹、小阿宝带去鼓励。

图书在版编目（CIP）数据

疯狂又脆弱 坚定又柔软 / 朱墨著 . —长沙：湖南文艺出版社，2018.3
ISBN 978-7-5404-8258-9

Ⅰ . ①疯… Ⅱ . ①朱… Ⅲ . ①随笔—作品集—中国—当代 Ⅳ . ① I267.1

中国版本图书馆 CIP 数据核字（2017）第 189385 号

上架建议｜畅销·励志文学

FENGKUANG YOU CUIRUO JIANDING YOU ROURUAN
疯狂又脆弱 坚定又柔软

作 者：朱 墨
出 版 人：曾赛丰
责任编辑：薛 健 刘诗哲
监 制：毛闽峰 赵 萌 李 娜
特约策划：董 鑫
特约编辑：张明慧
营销编辑：杨 帆 周怡文
封面设计：剑 辰
版式设计：李 洁
插 图：朱二墨
摄 影：朱 墨
出版发行：湖南文艺出版社
　　　　（长沙市雨花区东二环一段 508 号 邮编：410014）
网 址：www.hnwy.net
印 刷：北京京都六环印刷厂
经 销：新华书店
开 本：880mm×1230mm 1/32
字 数：179 千字
印 张：9
版 次：2018 年 3 月第 1 版
印 次：2018 年 3 月第 1 次印刷
书 号：ISBN 978-7-5404-8258-9
定 价：39.80 元

若有质量问题，请致电质量监督电话：010-59096394
团购电话：010-59320018